幸福的香气

毕淑敏 著

毕淑敏

朗读者

北京联合出版公司
Beijing United Publishing Co.,Ltd.

常常提醒自己注意幸福，
就像在寒冷的日子里
经常看看太阳，
心就会不知不觉地
暖洋洋、亮光光。

目　录
Contents

提醒幸福

我们从小就习惯了在提醒中过日子。天气刚有一丝风吹草动，妈妈就说，别忘了多穿衣服；才认识了一个朋友，爸爸就说，小心他是个骗子；取得了一点成功，还没容得乐出声来，所有关切着你的人会一起说，别骄傲；沉浸在欢快中的时候，自己不停地对自己说，千万不可太高兴，苦难也许马上就要降临……我们已经习惯了在提醒中过日子，看得见的恐惧和看不见的恐惧始终像乌鸦一样盘旋在头顶。

在皓月当空的良宵，提醒会走出来对你说，注意风暴。于是我们忽略了皎洁的月光，急急忙忙做好风暴来临前的一切准备。当我们睁大着眼睛枕戈待旦之时，风暴却像迟归的羊群，不知在哪里徘徊。当我们实在忍受不了等待灾难的煎熬时，我们甚至会恶意地祈盼风暴早些到来。

风暴终于姗姗地来了。我们怅然发现，所做的准备多半是没有用的。事先能够抵御的风险毕竟有限，世上无法预计的灾难却是无限的。战胜灾难靠得更多的是临门一脚，先前的惴惴不安帮不上忙。

当风暴的尾巴终于远去，我们守住凌乱的家园，气还没有喘匀，新的提醒又智慧地响起来，我们又开始对未来充满恐惧的期待。

人生总是有灾难。其实大多数人早已练就了对灾难的从容，只是还没有学会灾难间隙的快活。我们太多注重了自己警觉苦难，太忽视提醒幸福。

请从此注意幸福！

幸福也需要提醒吗？

提醒注意跌倒……提醒注意路滑……提醒受骗上当……提醒荣辱不惊……先哲们提醒了我们一万零一次，却不提醒我们幸福。

也许他们认为幸福不提醒也跑不了；也许他们认为好的东西你自会珍惜，犯不上谆谆告诫；也许他们太崇尚血与火，觉得幸福无足挂齿。他们总是站在危崖上，指点我们逃离未来的苦难，但避去苦难之后的时间是什么？

那就是幸福啊！

享受幸福是需要学习的，当幸福即将来临的时刻需要提醒。人可以自然而然地学会感官的享乐，却无法天生地掌握幸福的韵律。灵魂的快意同器官的舒适像一对孪生兄弟，时而相傍相依，时而南辕北辙。幸福是一种心灵的震颤，它像会倾听音乐的耳朵一样，需要不断地训练。

简言之，幸福就是没有痛苦的时刻，它出现的频率并不像我们想象的那样少。人们常常在幸福的金马车已经驶过去很远后，才捡起地上的金鬃毛说，原来我见过它。

人们喜爱回味幸福的标本，却忽略幸福披着露水散发清香的时刻。那时候我们往往步履匆匆，瞻前顾后，不知在忙着什么。

世上有预报台风的，有预报地震的，却没有预报幸福的。其实幸福和世间万物一样，有它的征兆。

幸福常常是朦胧的，很有节制地向我们喷洒甘霖。你不要总希冀轰轰烈烈的幸福，它多半只是悄悄地扑面而来；你也不要企图把水龙头拧得更大，使幸福很快地流失，而需要静静地以平和之心，体验幸福的真谛。

幸福绝大多数是朴素的，它不会像信号弹似的，在很高的天际闪烁红色的光芒。它披着本色外衣，亲切温暖地包裹起我们。

幸福不喜欢喧嚣浮华，常常在暗淡中降临。贫困中相濡以沫的一块糕饼，患难中心心相印的一个眼神，父亲一次粗糙的抚摸，女友一个温馨的字条……

这都是千金难买的幸福！像一粒粒缀在旧绸子上的红宝石，在凄凉中越发熠熠夺目。

幸福有时会同我们开一个玩笑，乔装打扮而来，机遇、友情、成功、团圆……它们都酷似幸福，但它们并不等同于幸福。幸福会借了它们的衣裙，袅袅婷婷而来，走得近了，揭去帏幔，才发觉它有钢铁般的内核。幸福有时会很短暂，不像苦难似的笼罩天空。如果把人生的苦难和幸福分置天平两端，苦难体积庞大，幸福可能只是一块小小的矿石。但指针一定要向幸福这一侧倾斜，因为它有生命的黄金。

幸福有梯形的切面，它可以扩大也可以缩小，就看你是否珍惜。

我们要提高对于幸福的警惕，当它到来的时刻，尽情地享受每一分钟。

当春天来临的时候，我们要对自己说：这是春天啦！心里就会泛起茸茸的绿意。

幸福的时候，我们要对自己说：请记住这一刻！幸福就会长久地伴随我们。

那我们岂不是拥有了更多的幸福？

所以，丰收的季节，先不要去想可能的灾年，我们还有漫长的冬季来得及考虑这件事。我们要和朋友们跳舞唱歌，渲染喜悦。既然种子已经回报了汗水，我们就有权沉浸幸福，不要管以后的风霜雨雪，让我们先把麦子磨成面粉，烘一个香喷喷的面包。

所以，当我们从天涯海角相聚在一起的时候，请不要踌躇片刻后的别离。在今后漫长的岁月里，有无数孤寂的夜晚可以独自品尝愁绪。现在的每一分钟，都让它像纯净的酒精，燃烧成幸福的淡蓝色火焰，不留一丝渣滓。让我们一起举杯，说，我们幸福。

所以，当我们守候在年迈的父母膝下时，哪怕他们鬓发苍苍，哪怕他们垂垂老矣，你都要有勇气对自己说，我很幸福。因为天地无常，总有一天你会失去他们，会无限追悔此刻的时光。

幸福并不与财富、地位、声望、婚姻同步，这只是你心灵的感觉。

所以，当我们一无所有的时候，我们也能够说，我很幸福。因为我们还有健康的身体；当我们不再享有健康的时候，那些最勇敢的人可以依然微笑着说，我很幸福，因为我还有一颗健康的心；甚至当我们连心也不存在的时候，那些人类最优秀的分子仍旧可以对着宇宙大声说，我很幸福，因为我曾经生活过。

常常提醒自己注意幸福，就像在寒冷的日子里经常看看太阳，心就会不知不觉地暖洋洋、亮光光。

简言之，
幸福就是没有痛苦的时刻，
它出现的频率
并不像我们想象的那样少。
人们常常在幸福的
金马车已经驶过去很远后，
才捡起地上的金鬃毛说，
原来我见过它。

幸福的七种颜色

幸福应该有多少种颜色呢?

“说不清。”我回答。

大家听了可能有点迷糊，说：“你自己既然不知道，为什么又曾说过幸福有七种颜色呢？”

在文化中，“七”这个数字有一点古怪。

欧洲人自古以来就格外钟情于“七”这个数字。最早的源头该是古希腊人，许多巧合都和“七”有关。古希腊人认为自然界是由水、火、风、土四种元素组成的，而社会的基本细胞是家庭。把完整的家庭细分，是由父亲、母亲和孩子三方组成。再做一次加法，把自然和社会组成的世界统计一下，就有七种基本元素。古希腊人酷爱加法，认为世界的基本图形是正方形、三角形以及完美的圆形，毕达哥拉斯学派就是这一主张的坚定拥趸。你劳神把这些图形的角的数量加起来，哈！也是七。由于太多的东西与神秘的数字“七”有关，他们造七座坛、献七份祭、行七次叩拜之礼，什么都爱凑个“七”字。“七大主教”“七大美德”，连罪也要数到“七宗罪”。当然，最著名的是神也喜欢七，于是一个星期是七天，第七天你可以休息。

“七”在佛教里面也是吉祥之数，有七宝、七层浮屠等。中华文化对七也颇有好感，《说文解字》里面说：“七，阳之正。”这个七啊，常为泛指，表明多的意思，又神秘又空灵。

托尔斯泰说，幸福的家庭都是相似的，唯有不幸的家庭，各有各的不幸。我当过多年的心理医生，觉得不幸的家庭都是相似的，唯有幸福的家庭却是各有各的不同。

你可能要说，这不是成心和托尔斯泰抬杠嘛！我还没有落到那种无事生非的地步。你想啊，只有香甜的味道，才可反复品尝，才能添加更多的美味在其中，让味蕾快乐起舞。比如椰蓉，比如可可，比如奶油……丰富的层次会让你觉得生活美好万象更新。如果那底味已是巨咸、巨苦、巨涩，任你再搁进多少冰糖、多少香料都顷刻消解，那难耐难忍的味道依然所向披靡，让你除了干呕，再无良策。

早年间我在西藏阿里当兵，冬天大雪封山，零下几十摄氏度的严寒，断绝了我们和外界的一切联系，我们每日除了工作就是望着雪山冰川发呆。有一天，闲坐的女孩子们突然争论起来，求证一片黄连素的苦可以平衡多少葡萄糖的甜（由此可见，我们已多么百无聊赖）。一派说，大约 500 毫升 5% 的葡萄糖就可以中和苦味了。另外一派说，估计不灵。500 毫升葡萄糖是可以的，只是浓度要提高，起码提到 10%，甚至 25%……争执不下，最后决定实地测验。那时候，我们是卫生员，葡萄糖和黄连素乃手到擒来之物，说试就试。方案很简单，把一片黄连素用药钵细细磨碎了，先泡在浓度为 5% 的葡萄糖水里，大家分别来尝尝，若是不苦了，就算找到答案了。要是还苦，就继续向溶液里添加高浓度的葡萄糖，直到不苦了为止，然后计算比例。临到实验开始，我突然有些许不安。虽然小女兵们利用工作之便，搞到这两种药品都不费吹灰之力，但藏北到内地山路迢迢，关山重重，物品运送到阿里不容易啊，不应这样为了自己的好奇暴殄天物。黄连碎末混入葡萄糖液里，整整一瓶原本可以输入血管救死扶伤的营养液就报废了。至于黄连素，虽不是特别宝贵的东西，能省也省着点吧。我说："咱缩减一下量，黄连素只用四分之一片，葡萄糖液也只用四分之一瓶，行不行呢？"

我是班长，大家挺尊重我的意见的，说："好啊。"有人想起前两天有一瓶葡萄糖，里面漂了个小黑点，不知道是什么杂物，不敢输入病人身体里面，现在用来做苦甜之战的试验品，也算废物利用了。

试验开始。四分之一片没有包裹糖衣的黄连素被碾成粉末（记得操作这一步骤的时候，搅动得四周空气都是苦的），兑到125毫升浓度为5%的葡萄糖水中。那个最先提出以这个浓度就可消解黄连之苦的女孩率先用舌头舔了舔已经变成黄色的液体。她是这一比例的倡导者，大家怕她就算觉得微苦，也要装出不苦的样子，损害试验的公正性，将信将疑地盯着她的脸色。没想到她大口吐着唾沫，连连叫着："苦死了，你们千万不要来试，赶紧往里面兑葡萄糖……"我们为自己"以小人之心度君子之腹"感到羞惭，拿起高浓度的葡萄糖就往黄水里倒，然后又推举一个人来尝。这回试验者不停地咳嗽，咧着嘴巴吐着舌头说："太苦了，啥都别说了，兑葡萄糖吧……"那一天，循环往复的场景就是女孩子们不断地往小半瓶微黄的液体里兑着葡萄糖，然后伸出舌尖来舔，顷刻抽搐着脸，大叫："苦啊苦啊……"

直到糖水已经浓到了几乎要拉出黏丝，那液体还是只需一滴就会苦得让人打战。试验到此被迫告停，好奇的女兵们到底也没有求证出多少葡萄糖能够中和黄连的苦味。大家意犹未尽，又试着把整片的黄连泡进剩下的半瓶里去，趁着黄连还没有融化，一口吞下，看看结果如何。这一次很快得到证明，没有溶化的黄连之苦，还是可以忍受的。

把这个试验一步步说出来，真是无聊至极。不过，它也让我体会到，即使你一生中一定会邂逅黄连，比如，生活强有力地非要赐予你极困窘的境遇，比如，你遭逢危及生命的重患必须要用黄连解救，比如……你都可以毫无惧色地吞咽黄连。毕竟，黄连是一味良药啊！只是，千万不要人为地将黄连碾碎，再细细品尝，敝帚自珍地长久回味。太多的人习惯珍藏苦难，甚至以此自傲

和自虐，这种对苦难的持久迷恋和品尝，会毒化你的感官，会损伤你对美好生活的精细体察，还会让你歧视没有经受过苦难的人。这些就是苦难的副作用。苦的力量比甜的力量要强大得多，不要把黄连碾碎，不要让它嵌入我们的生活。

只要你认真寻找，幸福比比皆是。幸福不是一种颜色，也不是七种颜色，甚至也不是一百种颜色……幸福比所有这些相加还要多，幸福是无限的。

幸福不是一种颜色，
也不是七种颜色，
甚至也不是一百种颜色……
幸福比所有这些相加还要多，
幸福是无限的。

精神的三间小屋

面对那句——“人的心灵，应该比大地、海洋和天空都更为博大”的名言，我们自惭形秽。我们难以拥有那样雄浑的襟怀，不知累积至那种广袤，须如何积攒每一粒泥土、每一朵浪花、每一朵云霓。

甚至那句恨不能人人皆知的中国古话——宰相肚里能撑船，也让我们在敬仰之余，不知所措。也许因为我们不过是小小的草民，即便怀有效仿的渴望，也终是可望而不可即，便以位卑宽宥了自己。

两句关于人心灵的描述，不约而同地使用了空间的概念。人的肢体活动，需要空间。人的心灵活动，也需要空间。那容心之所，该有怎样的面积和布置？

人们常常说，安居才能乐业。如今的城里人一见面，就问，你是住两居室还是三居室啊？……喔，两居室窄巴点，三居室虽说也不富余，也算小康了。

身体活动的空间是可以计量的，心灵活动的疆域，是否也可有个基本达标的数值？

有一颗大心，才盛得下喜怒，输得出力量。于是，宜选月冷风清竹木萧萧之处，为自己的精神修建三间小屋。

第一间小屋，盛着我们的爱和恨。

对父母的尊爱，对伴侣的情爱，对子女的疼爱，对朋友的关爱，对万物的慈爱，对生命的珍爱……对丑恶的仇恨，对污浊的厌烦，对虚伪的憎恶，对卑劣的蔑视……这些复杂而对立的情感，林林总总，会将这间小屋挤得满满的，间不容发。你的一生，经历过的所有悲欢离合、喜怒哀乐，仿佛以木石制作的古老乐器，铺陈在精神小屋的几案上，一任岁月飘逝。在某一个金戈铁马之夜，它们会无师自通，与天地呼应，铮铮作响。假若爱比恨多，小屋就光明温暖，像一座金色池塘，有红色的鲤鱼游弋，那是你的大福气。假如恨比爱多，小屋就阴风惨惨，厉鬼出没，你的精神悲戚压抑，形销骨立。如果想重温祥和，就得净手焚香，洒扫庭院，销毁你的精神垃圾，重塑你的精神天花板，让一束圣洁的阳光，从天窗洒入。

无论一生遭受多少困厄欺诈，请依然相信人类的光明大于暗影。哪怕是只多一个百分点呢，也是希望永恒在前。所以，在布置我们的精神空间时，给爱留下足够的容量。

第二间小屋，盛放我们的事业。

一个人从二十五岁开始工作，直到六十岁退休，他要在工作岗位上度过整整三十五年的时光。按一天工作八小时，一周工作五天，每年就要为你的职业付出两千个小时。倘若一直干到退休，那就是七万个小时。在这个庞大的数字面前，相信大多数人都会始于惊骇终于沉思。假如你所从事的工作，是你的爱好，这七万个小时，将是怎样快活和充满创意的时光！假如你不喜欢它，漫长的七万个小时，足以让花容磨损、日月无光，每一天都如同穿着淋湿的衬衣，如芒在背。

我不晓得一下子就找对了行业的人，能占多大比例？从大多数人谈到工作时乏味麻木的表情推算，估计这样的幸运儿不多。不要小觑了事业对精神的濡养或反之的腐蚀作用，它以深远的力度和广度，挟持着我们的精神，以成为它麾下持久的人质。

适合你的事业，不靠天赐，主要靠自我寻找。这不但是因为相宜的事业，并非像雨后白桦林的菌子一样，俯拾即是，而且因为我们对自身的认识，也是抽丝剥茧，需要水落石出的流程。你很难预知，将在十八岁还是四十岁甚至更沧桑的时分，才真正触摸到倾心的爱好。当我们太年轻的时候，因为尚无法真正独立，受种种条件的制约，那附着在事业外壳上的金钱地位，或是其他显赫的光环，也许会灼晕了我们的眼睛。当我们有了足够的定力，将事业之外的赘生物一一剥除，露出它单纯可爱的本质时，可能已耗费半生。然费时弥久，精神的小屋，也定须住进你所爱好的事业。否则，鸠占鹊巢，李代桃僵，那屋内必是鸡飞狗跳，不得安宁。

我们的事业，是我们的田野。我们背负着它，播种着，耕耘着，收获着，欣喜地走向生命的远方。规划自己的事业生涯，使事业和人生，呈现缤纷和谐相得益彰的局面，是第二间精神小屋坚固优雅的要诀。

第三间小屋，安放我们自身。

这好像是一个怪异的说法。我们自己的精神住所，不住着自己，又住着谁呢？

可它又确是我们常常犯下的重大失误——在我们的小屋里，住着所有我们认识的人，唯独没有我们自己。我们把自己的头脑，变成他人思想汽车驰骋的高速公路，却不给自己的思维，留下一条细细的羊肠小道。我们把自己的头脑，变成搜罗最新信息网罗八面来风的集装箱，却不给自己的发现留下一个小小的储藏盒。我们说出的话，无论声音多么嘹亮，都是别的喉咙嘟囔过的。我们发表的意见，无论多么周全，都是别的手指圈画过的。我们把世界万物保管得好好的，却偏偏弄丢了开启自己的钥匙。在自己独居的房屋里，找不到自己曾经生存的证据。

如果真是那样，我们精神的小屋，不必等待地震和潮汐，在微风中就悄无声息地坍塌了。它纸糊的墙壁化为灰烬，雪白的顶棚变作泥泞，露水的地面成了沼泽，江米纸的窗棂破裂，露出惨淡而真实的世界。你的精神，孤独地在风雨中飘零。

三间小屋，说大不大，说小不小。非常世界，建立精神的栖息地，是智慧生灵的义务，每个人都有如此的权利。我们可以不美丽，但我们健康。我们可以不伟大，但我们庄严。我们可以不完满，但我们努力。我们可以不永恒，但我们真诚。

当我们把自己的精神小屋建筑得美观结实、储物丰富之后，不妨扩大疆域，增修新舍。矗立我们的精神大厦，开拓我们的精神旷野。因为，精神的宇宙，是如此辽阔啊！

身体活动的空间
是可以计量的，
心灵活动的疆域，
是否也可有个
基本达标的数值？

心轻者上天堂

埃及国家博物馆有一件奇怪的展品。一方用精美白玉雕刻的匣子，大小和常用的抽屉差不多，匣内被十字形玉栅栏隔成四个小格子，洁净通透。玉匣是在法老的木乃伊旁发现的，当时匣内空无一物。从所放的位置看，匣子必是十分重要的，可它是盛放什么东西用的？为什么要放在那里？寓意何在？谁都猜不出。这个谜，在很长一段时间内让考古学家们百思不得其解。后来，在埃及中部卢克索的帝王谷里卡尔维斯女王的墓室中，发现了一幅壁画，才破解了玉匣的秘密。

壁画上有一位威严的男子，正在操纵一架巨大的天平。天平的一端是砝码，另一端是一颗完整的心。这颗心是从一旁的玉匣子中取出的。埃及古老的文化传说中，有一位至高无上的美丽女性，名叫快乐女神。快乐女神的丈夫，是明察秋毫的法官。每个人死后，心脏都要被快乐女神的丈夫拿去称量。

如果一个人是欢快的，心的分量就很轻，女神的丈夫就判那颗羽毛般轻盈的心引导着灵魂飞往天堂。如果那颗心很重，被诸多罪恶和烦恼填满褶皱，快乐女神的丈夫就判他下地狱，让他不见天日。

原来，白玉匣子是用来盛放人的心灵的。原来，心轻者可以上天堂。

自从知道了这个传说，我常常想，自己的心是轻还是重，恐怕等不及快乐女神的丈夫用一架天平来称量，那实在太晚了。呼吸已经停止，一生盖棺论定，任何修改都已没有空白处。我喜欢未雨绸缪，在我还能微笑和努力的时候，就把心上的赘累一一摘掉。我不希图来世的天堂，只期待今生今世此时此刻朝着愉悦和幸福的方向前进。天堂不是目的地，只是一个让我们感到快乐自信的地方。

心灵如果披挂着旧日尘埃，好像浸透了深秋夜雨的蓑衣，湿冷沉暗。如何把水珠抖落，在朗空清风中晾干哀伤的往事？如何修复心理的划痕，让它重新熠熠闪亮，一如海豚的皮肤在前进中把阻力减到最小？如何在阳光下让心灵变得通透晶莹，仿佛古时贤臣比干的七窍玲珑心，忠诚正直，诚恳聪慧，却不会招致悲剧的命运？

我们都不是从一张白纸开始自己的心灵健康之旅的，而是背负着个人的历史和集体的无意识，在文化的熏染中长大，它们对我们的影响复杂而深远，微妙而神秘。

我喜欢未雨绸缪，
在我还能微笑和努力的时候，
就把心上的赘累一一摘掉。
我不希图来世的天堂，
只期待今生今世此时此刻
朝着愉悦和幸福的方向前进。
天堂不是目的地，
只是一个让我们感到
快乐自信的地方。

恰到好处的幸福

我学医生涯的开端颇为惊悚。根本就不懂任何医学知识的新兵到了西藏边防部队，卫生科长对我们说，给你们每人分一个老卫生员为师，让他先教你们打针，然后穿上白大褂就能上班了。

我觉得这不像学医，像学木匠。我师傅是个胖胖的老卫生员。说他老，大约也只有二十岁出头吧，但对十六七岁的我们来说，已足够沧桑。他找来一个塑料的人体小模型，用粗壮的食指在那人的屁股上画了个虚拟的“十”字，然后说：打针的时候，针头扎在臀部这个十字的外上四分之一处，不然容易伤了神经。伤了，下肢就会瘫痪。

很可怕。我点点头，说记住了，屁股的外上四分之一。

老卫生员说，从此你不能说屁股，要说臀部。

我像鹦鹉一样重复，臀部臀部。

老卫生员又说，记住消毒的步骤，先是 2% 碘酒，再是 75% 酒精。棉球要涂同心圆，不能像刷油漆似的乱抹。

我说，记得啦!

老卫生员又说，考考你。酒精要用多少度的?

我说，75%。

他说，那么，80% 的行不行呢?

我暗自揣摩，75% 一定是能达到消毒目的的最低标准。藏北山高路远，所用物资千里迢迢地运来，使用一定力求节省。所以，问题的答案不言而喻。

我说，80% 行。

老兵的面容很平静，继续问，那么，90% 的酒精怎么样?

我说，那当然也行。

老兵说，100% 呢?

我说，肯定更好啦！只是那样太浪费了。

老兵被高原紫外线晒成紫色的脸庞，变成棕黑色，说，错啦！75% 的酒精可以破坏细菌的膜，药水渗入到内里去，整个细菌就被杀死了。浓度更高的酒精，飞快地把细菌外膜凝固了，就像砌起一道墙，反倒阻止了药液进一步浸透到细菌内部，杀不死细菌。有些东西，并不是越浓越好，要恰到好处。

那一天，我记住了“臀部”和“恰到好处”。

我到国外某机构参观。辉煌大厅中矗立着金字的企业精神。其中有一条，叫作“合理期望”。

我说，这一条有点特别。企业精神一般都会更励志一些，比如“崇高期望”云云。

陪同人员解答，这是我们的创始人尊崇的原则。期望并不是越高越好，而是要恰到好处。期望太高了，达不到，就会心生怨恨和沮丧，长久以往，就会丧失信心。期望太低了，没有动力和目标，得过且过，也会让人萎靡不振。

所以，合理的期望，是一种正确评估，在愿望和实际情况之间，找到最佳的平衡点。

在那一瞬，我向后回忆想到了酒精，向前展望想到了幸福。

酒精的浓度不能太高，过了那个最佳值，结果就适得其反。幸福也是一样，切不可贪得无厌。

有些人，把目光瞄向自己目力所及的享受的最高等级处。某种机缘看到了好房子，就设想以后能在这房子里结婚生子；看到豪华的车，就设想能开着这车呼朋引伴风驰电掣；看到人家的高职务，就发愿我以后要比你升得更高；看到别人的娇妻，就想我的伴侣定要倾国倾城；看到人家狂发美食图片，暗自发誓有一天我将吃龙肝凤髓并昭告天下；知道寿星活了九十岁，就渴慕自己赶超一百岁……

凡此等等，皆为不合理期望。

且不说把这些物质形态和外在指标当成是否幸福的指标是否明智，单说目光如此之高，便有违“恰到好处”这一原则。

房子完全不需要那么大，够用即可。太大了，就算你有那个银两买下来，也是暴殄天物。地球资源有限，你为什么要享用那么多的地盘，剥夺了他人

的空间呢?

食品完全不必那么精益求精，因为它的主要功能是为我们的机体提供营养。只要洁净并能够供给身体的需求即可。太稀缺惊险的食材，太复杂劳烦的烹制方法，太考究并故弄玄虚的进食环境，都是不可取的。它们所附着的是炫耀高阶层的沾沾自喜，而这些，恰恰和幸福朴素温暖的宗旨不相容。

配偶不必求国色天香出人头地，价值观相同，彼此说得来话，相互喜欢，就是神仙伴侣。

职务这件事儿，和你能力有一定的关联，但也和局面与关系牵连，并不是单纯凭着努力就一定能达到目的，高下也没有绝对的公平。除去坏人，这世界上的能人很多，自己做不到那个位置，让别人来做，未必就一定不妥。僧多粥少的事情，为何非要收入你囊中?

车子主要是代步工具，不必把它看成是硕大的勋章或是族徽，彰显财力不可一世。那不是幸福的氛围，而是自卑的秽气沿街抛洒。

至于活多久，这可是含有天机的秘密。你不可胜天，不要太狂狷。况且生死并不是胜败与否的决斗，只是无尽长河中的一环。泰然相向，生命之高下并不决定于绵长或短暂，更在于丰美和深邃。

身体健康也不必求全，就算体检表上有了向上或是向下的小箭头，我们也可以适时纠正。实在纠正不了，从容逝去就是。幸福是思想的花朵，和身体器官是否无懈可击，并不相关。

恰到好处，是一种哲学和艺术的结晶体。它代表的豁达和淡然，是幸福门前的长廊。轻轻走过它，你就可以拍打幸福的门环。

恰到好处，
是一种哲学和艺术的结晶体。
酒精的浓度不能太高，
过了那个最佳值，
结果就适得其反。
幸福也是一样，
切不要贪得无厌。

为生命找到意义

古代人常常专注于最基本的生存需求。日常生活天然地具备了提供精彩意义的能力。人们的生活是如此接近土地，每个人都毫不怀疑自己是大自然的一部分。他们耕地，播种，收获，烹调，生养小孩，然后生病和死亡，最后回归泥土。他们很自然地展望未来，觉得未来是如此清晰，那就是——吃饱饭，子子孙孙地繁衍，实现一轮又一轮的更迭，如同能够每日每年看到的大自然的循环。他们对日月星辰、山川河流这类庞然大物有强烈的归属感，他们深深明白自己是家庭和族群不可或缺的一部分。对以上这种基本存在，从来不曾有过问号。

是啊，有谁能对一个埋头苦干的农夫字斟句酌地问，你这样辛苦是为了什么呢？他一定头也不抬地继续干活，对他来说，家里的妻儿老小和他自己的口粮，就在这劳作中生发着，这难道还用得着问吗？

可是，今天，这些意义消失了。都市化、工业化，让生活中少了和大自然血肉相依的关联。我们看不到星空，我们每个人几乎都脱离了世界的基本生命链。你焊接电脑上的一块线路板，你在股票市场卖出买进，可这和意义有什么关联呢？

我们有太多的时间提出更多的问题，我们必须面对自由的无情拷问，可是我们失去了参照物。工作不再提供意义，一点儿创造力也没有，生养小孩也没有了意义。世界人口爆炸，也许不生养更有意义。

生命的意义是非常重要的心理架构，与每个人都有非常重要的关系。伟大的心理学家荣格说，我的病人大约有三分之一并不是罹患了任何临床可以定义的疾病，而只是因为生命没有意义，没有目标。

这个问题到了心理学家法兰克那里，有了升级版。他说，最少有百分之五十的来访者有这种问题——觉得生命没有意义。

萨特说过，人是一种徒劳无益的热情。我们的诞生毫无意义，死亡也没有意义。但萨特这样说完之后，在他自己的小说中又明确地肯定了意义的追求，包括在世界上寻找一个家、同志之谊、行动、自由、反对压迫、服务他人、启蒙、自我实现和参与。

在现在的情况下，为生命找到意义，就成了非常紧迫的任务。每个人要有一个自我的意义系统，包括行为准则：勇敢、高傲的反抗、友好的团结、爱、尘世的圣洁等。

我们有太多的时间
提出更多的问题，
我们必须面对
自由的无情拷问，
可是我们失去了参照物。

爱的回音壁

现今中年以下的夫妻，几乎都只有一个孩子，关爱之心，大概达到了中国有史以来的最高值。家的感情就像个苹果，姐妹兄弟多了，就会分成好几瓣儿。若是千亩一苗，孩子在父母的乾坤里便独步天下了。

在前所未有的爱意中浸泡的孩子，是否感到莫大的幸福？我好奇地问过。孩子们撇嘴说，不，没觉着谁爱我们。

我震住了。一个不懂得爱的孩子，就像不会呼吸的鱼，出了家庭的水箱，在干燥的社会上，他不爱人，也不自爱，必将焦渴而死。

可是，你怎样让由你一手哺育长大的孩子懂得什么是爱呢？从他的眼睛接受第一缕光线时，已被无微不至的呵护包围，早已对亲人的关照体贴熟视无睹。生物学上有一条规律，当某种物质过于浓烈时，感觉迅速迟钝、麻痹……

寒霜陡降也能使人感悟幸福，比如，父母离异或是早逝。但它是灾变的副产品，带着天力人力难违的僵冷。孩子虽然在追忆中明白了什么是被爱，但那却是一间正常人家不愿走进的教室。

孩子降生人间，原应一手承接爱的乳汁，一手扬洒爱的甘霖，爱是一本收支平衡的账簿。可惜从一开始，成人就间不容发地倾注了所有爱的储备，劈头盖脸砸下，把孩子的一只手塞得太满。全是收入，没有支出，爱沉淀着、淤积着，从神奇化为腐朽，反而让孩子无法感到别人是爱他的。

我又问一群孩子，那你们什么时候感到别人是爱你的呢?

没指望得到像样的回答。一个成人都争执不休的问题，孩子能懂多少。没想到，孩子的答案明朗、坚定。

我爸下班回来，我给他倒了一杯水，因为我刚在幼儿园里学了一首歌，词里说的是给妈妈倒水，可是我妈还没回来呢，我就先给爸爸倒了。我爸只说了一句，好儿子……就流泪了。从那次起，我知道他是爱我的。光头小男孩说。

我给奶奶耳朵上插了一朵花，要是别人，她才不让呢，马上就得揪下来。

可那是我插的，她一直戴着，见着人就说，看，这是我孙女打扮我呢……另一个女孩说。

我大大地惊异了，讶然这些事的碎小和孩子们铁的逻辑，更感动于他们谈论里的郑重神气和结论的斩钉截铁。爱与被爱高度简化统一了。孩子在被他人需要时，感到了一个幼小生命的意义。成人注视并强调了这种价值，他们就感悟到深深的爱意，在尝试给予的同时，他们懂得了什么是接受。爱是一面辽阔光滑的回音壁，微小的爱意反复回响着、折射着，变成巨大的轰鸣。当付出的爱被隆重地接受并珍藏时，孩子终于强烈地感觉到被爱的尊贵与神圣。

天下的父母，如果你爱孩子，一定让他从力所能及的时候开始爱你和周围的人。这绝非成人的自私，而是为孩子的一世着想的远见。不要抱怨孩子天生无爱，爱与被爱是铁杵成针、百年树人的本领，就像走路一样，需要反复练习，才会健步如飞。

如果把孩子在无边无际的爱里泡得口眼翻白，早早剥夺了他感知爱的能力，育出一个爱的低能儿，即使不算弥天大错，也是成人权力的滥施，或许要遭天谴。

在爱中领略被爱，会有加倍的丰收。孩子渐渐长大，一个爱自己、爱世界、爱人类也爱自然的青年，便喷薄欲出了。

爱是一面辽阔光滑的回音壁，
微小的爱意反复回响着、折射着，
变成巨大的轰鸣。
当付出的爱
被隆重地接受并珍藏时，
孩子终于强烈地感觉到
被爱的尊贵与神圣。

欣喜是自酿的

第一次认得“酿”这个字，它和“酝”肩并肩，相依为命。不过跟在它们俩身后的，是“会议”和“人选”这样正襟危坐的词。所以，我觉得“酝酿”是很严肃的行为。

后来我才知道，酝酿本是家常事情。“酝”的繁体字，偏旁还是“酉”，只是右边为“温暖”的“温”字之一半，意思就是温热和暖。“酿”的繁体字，左边也还是“酉”，右边是个“襄”字，指的是包裹容纳之意。这两个字连在一起，描述的是在谷物中放置酵曲，让谷物慢慢发酵的过程。只要静候的时间足够长，原本的粮食就会因曲种不同，变成酒、酱油、醋、干酱等不同成品。“酝酿”如同一根金手指，探入谷物之后，让原粮脱胎换骨成了妙品。

比如，红葡萄酒和葡萄是大不同的，虽然它们还羞涩地保留着一脉相承的殷红。

黄豆和豆瓣酱也分道扬镳了，虽然它们都还保存着某些破损的豆瓣。

醋和它的前身就更南辕北辙了。洁净的透明米醋有得道成仙的飘逸，它粗糙的前身像池塘中的泥。

酝酿就是如此惊艳，时间与曲种合谋，平凡的谷物开始升华，自此酿泉为酒，积微成著，点石成金。

曹操除了金戈铁马可歌可泣，还会酿酒。他呈给献帝的酿酒秘方，从用曲多少用稻多少，到何日渍曲几日一酿，都说得条理分明。甚至给酿得不成功的酒，指出了一条洗心革面之路——“若以九酝苦难饮，增为十酿”，即可变成好酒，能够甘饮了。

古代的知识女性卓文君也是会酿酒的。靠自己双手劳作，酿出的美酒，一时间竟成了私奔之后司马相如小饭店的招牌。

现代的男人女人，很少会酝酿之法。葡萄酒是在酒厂制造的，酱油是在酱油厂生产的，醋是在醋厂完成的。我们荒疏了很多本领，以为万物都是从超市的货架上诞生的。

我有个朋友是红酒庄的品酒师。我在他那里速成过红酒的知识，为了自己写小说描绘贵族晚宴的时候不至于露怯。他耐心讲解，希望我能成才。谆谆讲解多次之后，进入了验收阶段。

他拿出“酒鼻子”，考察我的长进。

“酒鼻子”这名字说起来凡俗，实则是一种来自法国的专业品酒鉴赏工具。它把葡萄酒的香气收集起来，制成类似标本的小瓶子，包含了葡萄酒中常见的78种典型气味。共分为54个香味系列，12浊味和12橡木系列。水果、花卉、树木、草本、香料、动物等味道无不囊括其中。比如，荔枝、黑醋栗、松露、胡椒、烤杏仁等八竿子打不着的气味，在“酒鼻子”里都占据一席之地。

合格的品酒师，要能准确地说出各种气味的名称。

当我成功地把“酒鼻子”中的某一果香，说成是“柿子椒味”之后，品酒师以绅士的绝望表达了对我的遗弃。

不过，我可没有以怨报德地放弃他。某年夏天，我的一位朋友送来了一大篓优质葡萄，晶莹欲滴，紫霜盖顶，我以为他从花果山归来。

非常好的葡萄。猴王汗水涔涔地说。

是啊是啊。我频频点头。然后为难地说，这么多，怎么吃得完？

把它们冻起来。寒冬腊月时，拿出一粒，往嘴里一扔，嘎嘣脆，你可以咂摸出夏秋的味道。猴王说。

我下意识地托了托腮，琢磨我的槽牙可经得住这般乍暖还寒？

不管怎么说，我向猴王表示了衷心的感谢。猴王走后，我给能想得起的亲朋打电话，约好送葡萄的时间。整整奔波一天，所余葡萄之量仍是惊人。

我给绅士品酒师打电话说，我要送您一些上好的葡萄。

给我送葡萄，有点像给渔民送蛤蜊。酒绅士回答。

但是，我的葡萄太多了，放下去会坏掉，暴殄天物啊！我真有点急了。

那您可以把它们酿成葡萄酒。酒绅士说。

酿……酒？完全不会。我茫然。

酿酒并不难，从前几乎所有的女人都会酿酒。我把要领教给您，网上也有攻略。您只需准备一些干净的玻璃容器就行了。酒绅士轻描淡写。

在送无可送的危急情况下，为了挽救葡萄，我只有学习酿酒。

哪儿能有酒曲？我突然想到这一极其重要的问题。

如果您是专业的酿酒工厂，当然需要酒曲。但您在家里试着酿这么一点葡萄，可以不用酒曲。酒绅士说。

本来我就是生手，再没有酒曲，这不还没启动就意味着完全失败吗？我气急败坏，觉得这酒绅士草菅人命。哦，确切地说，是草菅葡萄命。

酒绅士说，您的葡萄上可有一层白霜似的东西？

我说，有。

酒绅士说，这正是天然野生的酵母菌。您只要在清洗葡萄的时候不要把它们一网打尽，等上一段时间，它们就能自动把葡萄发酵成酒了。

我半信半疑，说，就这么简单？

酒绅士说，是的。您想想，最初的葡萄酒一定是自然发酵的，那时候，哪里有现成的酒曲呢。请相信大自然。

我仍不死心，在网上搜索了一下“酒曲”。结果是酿糯米酒的曲种好买，酿葡萄酒的曲种只供批发，起批点足够发酵一吨葡萄。我这一堆命运多舛的葡萄，只有仰仗大自然的馈赠了。

按照酒绅士的指示，我把葡萄洗净晾干（保留了葡萄上的白霜，并对它们寄予厚望），然后戴上一次性手套，将葡萄一一捏碎。看着猩红的汁液鲜血般淌入干净的玻璃容器中，我心中像农妇般祈祷——葡萄啊葡萄，请你快快变成酒！

之后的每一天，我几乎每个小时都去张望酝酿中的葡萄，看它们在粉身碎骨之后如何踏上涅槃之路。

葡萄们开始发泡膨胀，紫色的皮和灰白的籽向上浮动，在表面形成痂皮，臃肿而纷杂，简直和腐朽的垃圾差不多。我向酒绅士悲哀地报告，他毫不惊诧地说，这是发酵的正常过程，酒酵母正在把葡萄中的糖分化为酒精，少安毋躁，慢慢等待。

简短截说，在大约十几天的煎熬之后，我终于发现盛放葡萄的容器中，不再向上翻涌气泡，渐渐安静下来，汁液趋向澄清。

您可以过滤它们。酒绅士遥控。

过滤之后，葡萄汁女大十八变，居然有了葡萄酒的模样。

我向酒绅士报告喜讯，他仍旧是淡然地说，好啊。

我说，下一步呢？

他说，您可以把它们斟入酒杯，品尝一下。

我有点诚惶诚恐，斟进酒杯的时候，居然有轻微的紧张。之后，我喝到了自己酿出的葡萄酒，清爽甘甜。

那一瞬，我吐着舌头呆住了。我一直认为我把葡萄酿坏是理所当然的，倒是这不可思议的简单平顺之成功令人愕然。

我立马向酒绅士报喜。他并没有我这般兴奋，只是说，您赶快把过滤完的酒汁，加热到 50 摄氏度蒸一下。记住啊，温度既不能过高，也不能过低。之后，满瓶、密封、低温、避光保存。存储不得超过半年，就得喝完。

我说，为什么？

他说，防止酒变成醋。

我说，酒是酒，醋是醋，两者怎么会混淆？

酒绅士说，它们相隔并不远。在天然酵母菌存在的地方，也有天然醋酸菌存在。发酵完成之时，酵母菌就被自己生成的酒精杀死了，但醋酸菌还能继续存活。

我放下电话，思忖的结果是决定背弃老师。我想看到“酝酿”的全过程。一天过后，酒果真开始发酸。最初是若有若无的轻柔酸气，几天之后，就势不可当地变成了彻头彻尾的醋。

我向酒绅士报告我的最终产品。他沉吟了一下说，已经变成醋的酒，是没有任何方法复原的。果醋也是葡萄的升华。

实事求是地说，葡萄醋味道不错，冰过之后兑水喝，有秋天的清香。

小口喝着自酿的葡萄醋，不知怎的联想到了幸福。幸福并不是与生俱来的，就像如果不经过酿造，葡萄和酒并不等同。对于幸福的把握，需要学习，需要等待，需要时间和努力。很多人以为幸福和外部介入有关系，就像我以为酿酒一定要有酒曲，要有外力的促发。这个外来的介入物，要么是一笔偶然财富，要么是一个天降奇迹，要么是巧遇了一位贵人或是追求到一个爱人，要么是误打误撞莫名其妙的好运……

毋庸讳言，外界当然是有一些益于幸福发酵的颗粒存在，就像需要购买的酒曲。但请注意，好运气并不直接等同于幸福。每天做白日梦般期待外在的福祉，是年轻时很容易陷入的盲区。

请向一颗葡萄学习，它本身就携带着野生的酵母菌，一旦时机成熟，就会发酵成新的生命。人世间的俗常生活，也蕴藏着天然的幸福因子，白霜般黏结在生活的缝隙中。那就是我们对人世间的善良期望，是我们坚守勤劳的信念，是我们的真诚和友爱，是我们的努力和慈悲。只要有了这些，即使没有外来的助力，也一样能创造出属于自己的幸福。需要的只是时间和持之以恒。这就是酝酿幸福的过程。

由于自己的不慎，导致了不幸时，我们常常会说——谁谁自己酿出了一杯苦酒。是不是可以反过来说，幸福也是自己酿的呢？有葡萄在，就有野生的酵母菌在，有生活在，就有天然的幸福因子在。只要努力，葡萄和我们都有希望走向升华。

酝酿就是如此惊艳，
时间与曲种合谋，
平凡的谷物开始升华，
自此酿泉为酒，
积微成著，
点石成金。

心是一只美丽的小箱子

小时候上学，很惊奇以“心”为偏旁的字，怎么那么多？比如：念、想、意、忘、慈、感、愁、思、恶、慰、慧，等等等等，哈！一个庞大的家族。

除了这些安然地卧在底下的“心”以外，还有更多迫不及待站着的“心”。这就是那些带“竖心”旁的字，比如忆、怀、快、怕、怪、恼、恨、惭、悄、惯、惜，等等等等。原谅我就此打住，因为再举下去，实在有卖弄学问和抄字典的嫌疑。

从这些例证，可以想见当年老祖宗造字的时候，是多么重视“心”的作用，横着用了一番还嫌不过瘾，又把它立起来，再用一遭。

其实从医学解剖的观点来看，心脏虽然极其重要，但它的主要工作，是负责把血液输送到人的全身，好像一台水泵，干的是机械方面的活，并不主管思维。汉字里把那么多情绪和智慧的感受，都堆到它身上，有些张冠李戴。

真正统率我们思想的，是大脑。

人脑是一个很奇妙的器官。比如，学者用“脑海”来描述它，就很有意思。一个脑壳才有多大？假若把它比成一个陶罐，至多装上三四个大“可乐”瓶子的水，也就满满当当了。如果是儿童，容量更有限，没准刚倒空几个易拉罐，就沿着罐子口溢出来了。可是，不管是成人还是小孩的大脑，人们都把它形容成一个“海”，一个能容纳百川波涛汹涌的大海。这是为什么？

大脑是我们情感和智慧的大本营，它主宰着我们的思维和决策。它能记住许多东西，也能忘了许多东西。记住什么，忘却什么，并不完全听从意志的指挥。比方明天老师要检查背诵默写一篇课文，你反复念了好多遍，就是记不住。就算好不容易记住了，到了课堂上一紧张，得，又忘得差不多了。你就是急得面红耳赤抓耳挠腮，也毫无办法。若是几个月后再问你，那更是云山雾罩一塌糊涂。

可有些当时只是无意间看到听到的事情，比如，路旁老奶奶一句夸奖的话，秋天庭院里一片飘落的叶子，当时的印象很清淡，却不知被谁施了魔法，能像刀刻斧劈一般，永远留在我们记忆的年轮上。

我不知道科学家最近研究出了哪些关于记忆和遗忘的规则，反正以前是个谜。依我的大胆猜测，谜底其实也不太复杂。主管记住什么和忘记什么的中枢，听从的是情感的指令。我们天生愿意保存那些美好、善良、友谊、勇敢的事件，不爱记着那些丑恶、虚伪、背叛、怯懦的片段。当然这并不是说人应该篡改真相，文过饰非、虚情假意瞎编一气，只是想说明我们的心，好像一只美丽的小箱子，容量有限。当它储存物品的时候，经过了严格挑选，把那些引起我们忧愁和苦闷的往事，甩在了外面，保留的是亲情和友情。

我衷心希望每个人的小箱子里，都装满光明和友爱。

我们的心，
好像一只美丽的小箱子，
容量有限。
当它储存物品的时候，
经过了严格挑选，
把那些引起
我们忧愁和苦闷的往事，
甩在了外面，
保留的是亲情和友情。

呵护心灵

那一年我 17 岁，在西藏雪城的高原部队当卫生兵，具体工作是化验员。

一天，一个小战士拿着化验单找我，要求做一项很特别的检查。医生怀疑他得了一种古怪的病，这个试验可以最后确诊。

试验的做法是：先把病人的血抽出来，快速分离出血清。然后在 56 摄氏度的条件下，加温 30 分钟。再用这种血清做试验，就可以得出结果来了。

我去找开化验单的医生，说，这个试验我做不了。

医生说，化验员，想想办法吧。要是没有这个化验的结果，一切治疗都是盲人摸象。

听了医生的话，本着对病人负责的精神，我还仔细琢磨了半天，想出一个笨法子，就答应了医生的请求。

那个战士的胳膊比红蓝铅笔粗不了多少，抽血的时候面色惨白，好像是要把他的骨髓吸出来了。

我点燃一盏古老的印度油灯。青烟缭绕如丝，好像有童话从雪亮的玻璃罩子里飘出。柔和的茄蓝色火焰吐出稀薄的热度，将高原严寒的空气炙出些微的温暖。我特意做了一个铁架子，支在油灯的上方。架子上安放一只盛水的烧杯，杯里斜插水温计，红色的汞柱好像一条冬眠的小蛇，随着水温的渐渐升高而舒展身躯。

当烧杯水温升到56摄氏度的时候，我眼疾手快地把盛着血清的试管放入水中，然后双眼一眨不眨地盯着温度计。当温度升高的时候，就把油灯向铁架子的一边移动。当水温略有下降的趋势，就把火焰向烧杯的中心移去，像一个烘烤面包的大师傅，精心保持着血清温度的恒定……

时间艰难地在油灯的移动中前进，大约到了第28分钟，一个好朋友推门进来。她看我目光炯炯的样子，大叫了一声说，你不是在闹鬼吧，大白天点了盏油灯！

我瞪了她一眼说，我是在全心全意地为病人服务，正像孵小鸡一样地给血清加温呢！

她说，什么血清？血清在哪里？

我说，血清就在烧杯里呀。

我用目光引导着她去看我的发明创造。当我注视到水银温度计的时候，红线已经膨胀到70摄氏度。我劈手捞出血清试管，可就在我说这一句话的工夫，原本像澄清茶水一般流动的血清，已经在热力的作用下凝固得像一块古旧的琥珀。

完了！血清已像鸡蛋一样被我煮熟，标本作废，再也无法完成试验。

我恨不得将油灯打得粉碎。但是油灯粉身碎骨也于事无补，我不该在关键时刻信马由缰。现在面临的问题是我该怎么办，空白化验单像一张问询的苦脸，我不知填上怎样的回答。

最好的办法是找病人再抽上一管鲜血，一切让我们重新开始，但是病人惜血如命，我如何向他解释？就说我的工作失误了吗？那是多么没有面子的事情！人人都知道我是一个尽职尽责的好化验员，这不是给自己抹黑吗？想啊想，我终于设计出了如何对病人说。

我把那个小个兵叫来，由于对疾病的恐惧，他如惊弓之鸟战战兢兢。

我不看他的脸，压抑着心跳，用一个十七岁女孩可以装出的最大严肃对他说："我已经检查了你的血，可能……"

他的脸唰地变成霜地，颤抖着嗓音问："我的血是不是有问题？我是不是得了重病？"

"这个……你知道像这样的检查，应该是很重的，单凭一次结果很难下最后的结论……"

说完这句话，我故意长时间地沉吟着，一副模棱两可的样子，让他在恐惧的炭火中慢慢煎熬，直到相信自己罹患重疾。

他瘦弱的头颅点得像啄木鸟，说："我给你添了麻烦，可是得了这样的病，没办法……"

我说，我不怕麻烦，只是本着对你负责，对你的病负责，还要为你复查一遍，结果才更可靠。

他苍白的脸立刻充满血液，眼里闪出星星点点的水斑。他说，化验员，真是太谢谢了，想不到你这样年轻，心地这样好，想得这么周到。

小个子说着，几乎是迫不及待地撸起袖子，露出细细的臂膀，让我再次抽他的血。

我心里窃喜着，脸上还做出不情愿的样子，很矜持地用针扎进他的血管。这一回，为了保险，我特意抽了满满的两管鲜血，以防万一。

古老的油灯又一次青烟缭绕，我自始至终都不敢大意，终于取得了结果。

他的血清呈阴性反应。也就是说——他没有病。

再次见到小个子的时候，他对我千恩万谢。他说，化验员啊，你可真是认真啊。那一次通知我复查，我想一定是我有病，吓死我了。这几天，我思前想后，把一辈子的事都想过了一遍。幸亏又查了一次，证明我没病。你为病人真是不怕辛苦啊！

我抿着嘴不吭声。

后来领导和同志们知道了这件事，都夸我工作认真并谦虚谨慎。

在以后很长的时间里，我都为自己当时的灵动机智而得意。

我的年纪渐长，青春离我远去，肌体像奔跑过久的拖拉机，开始穿越病魔布下的沼泽。有一天，当我也面临重病的笼罩，对最后的化验结果望穿秋水的时候，我才懂得了自己当年的残忍。我对医生的一颦一笑察言观色，我千百次地咀嚼护士无意的话语。我明白了当人们忐忑在生死边缘时，心灵是多么的脆弱。

为了掩盖自己一个小小的过失，不惜粗暴地弹拨病人弓弦般紧张的神经，我感到深深的懊悔。

我们可以吓唬别人，但不可吓唬病人。当他们患病的时候，精神是一片深秋的旷野，无论多么轻微的寒风，都会引起萧萧黄叶的凋零。

让我们像呵护水晶一样呵护人的心灵。

我点燃一盏
古老的印度油灯。
青烟缭绕如丝，
好像有童话从雪亮的
玻璃罩子里飘出。

绿手指

美国某小镇，有一位老奶奶，长着“绿手指”。千万别以为她是个妖怪或有什么特异，这是当地人对好园丁的称赞。

一天，老人在报上看到一条消息，园艺所重金悬赏纯白金盏花。老奶奶想，金盏花除了金色就是棕色的，白色简直不可思议。不过，我为什么不试试呢？

她对八个儿女讲了，遭到一致反对。大家说，你根本不懂种子遗传学，专家都不能完成的事，你这么大年纪了，怎么可能完成呢？

老奶奶决心一个人干下去。她撒下金盏花的种子，静心侍弄。金盏花开了，全是橘黄色的。老奶奶在中间挑选了一朵颜色稍淡的花，任其自然枯萎，以取得最好的种子，第二年把它们栽种下去。然后，再从花朵中挑选颜色浅淡的种子，栽种……一年又一年，春种秋收循环往复，老奶奶从不沮丧怀疑，一直坚持。儿女远走了，丈夫去世了，生活中发生了很多的事，老奶奶处理完这些事之后，依然满怀信心地栽种金盏花……

二十年过去了。有一天早晨，她来到花园，看到一朵金盏花开得奇特灿烂。它不是近乎白色，也不是很像白色，而是如银如雪的纯白。

她把一百粒种子寄给了那家二十年前悬赏的机构。她甚至不知道这则启事是否还有效，在这漫长的岁月里，是否早就有人培育出了纯白金盏花。

等待的日子长达一年，因为人们要用那些种子验证。终于，园艺所长打电话给老奶奶说，我们看到了你的花，它是雪白的。因为年代久远，奖金不再兑现。您还有什么要求吗？

老奶奶对着听筒小声说，只想问一问，你们可还要黑色的金盏花？我能种出来……

黑色的金盏花至今没开放，因为老奶奶去世了，世人再没有了这种笨笨的坚持。

但愿你我还能长出新的绿手指。

黑色的金盏花
至今没开放，
因为老奶奶去世了，
世人再没有了
这种笨笨的坚持。

分泌幸福的“内啡肽”

我曾看过一则新闻：英国有家报社，向社会有奖征答“谁是最幸福的人”，然后排出第一种最幸福的人，是一个妈妈给孩子洗完澡，怀抱着婴儿；第二种最幸福的人，是一个医生治好了病人并目送他远去；第三种最幸福的人，是一个孩子在海滩上筑起了沙堡；备选答案是，一个作家写完了著作的最后一个字，放下笔的那一瞬间。

看完这则不很引人注目的报道，那一瞬间，我真的像被子弹打中一样，感到极度震惊——这四种状况都曾集于我一身，但是，我没有感觉到幸福！

我为什么没有幸福感？有了这个问号后，我就去观察周围的人，这才发现，有幸福感的人是如此之少。有一年，我拿出贺卡看了看，结果发现最多的是“祝你幸福”，这可能是中国人的集体无意识，所以才会觉得是永远的吉祥话。

可是，幸福的本质是什么东西呢？

日本春山茂雄博士在《脑内革命》一书中说，当我们感知幸福的时候，其实是生理在分泌一种内啡肽，即幸福感是体内内啡肽的分泌。从罂粟里提炼的吗啡是毒品，它的魔力正是在于它的分子结构模拟了生理基础上的内啡肽，让你体验到一种伪装的、模拟的快乐。当你觉得真正快乐的时候，例如，接到大学录取通知书时，如果去抽血查验体内的生化水平，你的内啡肽水平是很高的。

据春山茂雄研究，人体内啡肽的分泌，和马斯洛“需要层次”的金字塔理论惊人地吻合：吃饭能带来愉悦，人在生理基础上是快乐的；然后，在实现安全、爱和尊严的需要的过程中，伴随着更大量内啡肽的分泌，让你感知自己的幸福；最重要的是，当你完成自我实现的时候，内啡肽就到达非常高的水平，远远超出吃饭带来的幸福感。

这种生理和心理的结合，使我觉得，能够体验到幸福感，是一个需要训练、感知且不断提高的过程，因为幸福不是与生俱来的。

我觉得世界上的幸福首先来自一个坚定的信念。

我常去高校和大学生交流，给我最多的感觉是，他们面临着一个非常重要的问题——人生观的确立和价值观的走向，即人为什么活着。

经常有媒体采访我的心理咨询中心，最喜欢提的问题是，咨询最多的问题是什么？我说，心理咨询室这张米黄色的沙发如若有知，一定会一次次地听到来访者在问，我为什么活着？我觉得人是追索意义的动物，尤其是年轻人，都曾经无数次地叩问这个问题。

以前，我们喜欢用灌输式的方法，从小将主义、理想或目标灌输给孩子，希望能够在他心中扎下根，成为他一生的坐标。可我现在发现，一个人的目标，一定需要他自己经过艰苦的摸索，然后在心理结构里确立下来，否则，无论我们多么用心良苦、谆谆教导，它真的只是一个外部的东西。

其实，每个人都早早地确立了一生的目标，因为它原本已存在于你的内心：从童年经验开始，你所热爱、尊敬、向往、要为之奋斗的东西，其实早已植根于心里，只不过被许多世俗的东西、繁杂的外界所影响，甚至被遮蔽了。当一个人开始有意识地关注自己的心理健康时，那是在整理他的心理结构，然后明白心中取得最主打作用的架构和体系。

我曾在一所非常好的大学做讲座，台下有学生递条子说，毕老师，我想问问你，我年轻貌美，又有这么好的大学文凭，要是不找一个大款把自己嫁了，我是不是浪费了资源？我想，在大学生寻找目标的迷茫过程中，能够有这种朋友式的探讨，是特别重要的。

另外，我觉得自我形象的定位是幸福感来源非常重要的一部分。

在大学生自我形象的构建里，有一部分是他们的“出身”（阶层）：他们从各种阶层突然聚合到一起，大学虽是个相对小的、封闭的环境，却也是整个社会的缩影，因此，如何看待自己不可选择的出身阶层，这是自我形象非常重要的部分。另外一部分是他们的学业，包括学习的能力、智商的能力、人际交往的能力等，可归为自己奋斗来的部分。

然而，还有特别重要的一部分，就是外在条件——长相。

我曾在一所大学做关于自我形象、自我认知的讲座，请台下的学生回答：你们有谁曾经为自己的长相自卑？结果齐刷刷地举手——所有的人都自卑！

我当时一下子不知该如何反应，没料到当代年轻人在相貌问题上居然有如此大的压力。

后来，我悄悄问一位女生，问她为自己相貌的哪一点自卑，我实在找不着——她身材窈窕、黑发如瀑、明眸皓齿、肤如凝脂，真的是美女。

她说，我有一颗牙齿长得不好看。

我说，哪颗牙齿?

她说，第六颗牙齿。

我说，谢谢你告诉我，否则站在对面看你一百年，我也看不出你那颗牙齿不好。

她说，你不知道，可是我知道。我不敢笑，从来都是抿着嘴只露出两颗牙齿。同学都说我多“冷”、多高傲，其实，我只是怕人看到第六颗牙齿。男生追求我的时候，我就想，我一颗牙齿不好，他还追求我，肯定是别有用心，于是放弃了好几个条件很好的男生。

我觉得，当一个人不能接纳自己，不能和自己友好地相处的时候，他就不能和别人友好地相处。因为，他对自己都那么百般挑剔、那样苛刻，又怎能和别人有真诚的、良好的沟通与关系?

其实，我挺欣赏基督教里的说法：接受你不可改变的那一部分。我们可以列一列，像出身的阶层、长相及缺陷，这些是我们不可改变的，而我们能够去修炼、弥补和提高的，就是我们可改变的那一部分。

面对一个我们不可改变的东西，该如何对待它，每个人的答案是不一样的，而这个不一样的答案却可能深刻地影响我们的一生。比如，一个人认为他丑，就认定自己完全不会幸福了，觉得他既然这么丑，有什么权利得到幸福？一个人说他很贫寒，为什么别人可以含着银汤匙出生，而他却含着草根出生？

面对种种不平等，我常跟年轻人说，不平等是社会有机组成的一部分，而让它变得更为平等，是你义不容辞的责任之一。

首先，你要丢掉幻想，坦然接纳不公平、巨大的差异或先天不良。然后，对于自己可改变的部分，你就要细细地分析，找出自己的优缺点，是优点就让它更好，是缺点就要去弥补，尤其要突出优点，把自己光彩照人的方面表达出来。因为中国文化特别容易告诉你哪里不行，生怕你忘了自己的缺点，而你有什么优点，告诉你的人可不太多，所以要坦然接受自己的优点，将它发扬光大。

心理咨询中心来过一位留英硕士，月薪12万元，可他将自己说得一无是处，弄得我都心酸。我才知道，一个人接不接纳自己，其实不在于外在的条件，也不在于世俗的评判标准，而完全在于他内心框架的衡量。

我通常咨询完了不会给谁留作业，但那天我说，我给你留个作业：下星期来见我之前，你要写出自己的十五条优点。

他快晕过去了，说，我怎么能找到十五条优点呢？至多也就找出一二条。

这个世界上，可能只有您相信我还有优点，我父母就不相信我有优点，所有人都不相信我有优点！

我说，你老板起码相信你有优点吧，否则怎会出月薪十二万元雇你？

他突然在这个事实面前愣了半天，然后说，噢，那我试试看。

所以我觉得，应该去认识自己的长处，将它发扬光大，去接纳那些不可改变的东西。当你能够坦然地面对自己的时候，其实也就可以坦然地面对世界——放下包袱后，你才可以轻装前进。

费尔巴哈说过，你的第一责任是使你自己幸福。你自己幸福了，你也就能使别人幸福，因为，幸福的人愿意在自己周围只看到幸福的人。

面对一个我们
不可改变的东西，
该如何对待它，
每个人的答案
是不一样的，
而这个不一样的答案
却可能深刻地影响
我们的一生。

谎言三叶草

人总是要说谎的，谁要是说自己不说谎，这就是一个彻头彻尾的谎言。

有的人一生都在说谎，他的存在就是一个谎言。世界是由真实的材料构成的，谎言像泡沫一样浮在表面，时间使它消耗殆尽，就好像从来没有存在过似的。

有的人偶尔说谎，除了他自己，没有人知道这是一个谎言。谎言在某些时候表达的只是说话人的善良愿望，只要不害人，说说也无妨。

对谎言刻骨铭心的印象可以追溯很远。小的时候在幼儿园，每天游戏时有一个节目，就是小朋友说自己家里有什么玩具。一个说："我家有会说话的玩具青蛙。”那时我们只见过上了弦会蹦的铁皮蛤蟆，小小的心眼一算计，大人们既然能造出会跑的动物，应该也能让它叫唤，就都信了。又一个小朋友说：“我家有一个玩具火车，像一间房子那样长……”我呆呆地看着那个男孩，前一天我才到他们家玩过，绝没有看到那么庞大的火车……我本来是可以拆穿这个谎言的，但是看到大家那么兴奋地注视着说谎者，就不由自主地说：“我们家也有一列玩具火车，像操场那么长……”

“哇！哇！那么长的火车！多好啊！”小伙伴齐声赞叹。

“那你明天把它带到幼儿园里让我们看看好了。”那个男孩沉着地说。

“好啊！好啊！”大家欢呼雀跃。

我幼小身体里的血液一下凝住了。天啊，我到哪里去找那么宏伟的玩具火车？也许世界上根本就没有造出来！

我看着那个男孩，我从他小小的褐色眼珠里读出了期望。

他为什么会这么有兴趣？依我们小小的年纪，还完全不懂得落井下石……想啊想，我终于明白了。

我大声对他也对大家说：“让他先把房子一样大的火车拿来给咱们看，

我就把家里操场一样长的火车带来。”

危机就这样缓解了。第二天，我悄悄地观察着大家。我真怕大伙儿追问那个男孩，因为我知道他是拿不出来的。大家在嘲笑了他之后，就会问我要操场一般大的玩具火车。我和那个男孩忐忑不安，彼此都没说什么。只是一整天都是我俩在一起玩。幸好那天很平静，没有一个小朋友提起过这件事。

我小小的心提在喉咙口很久，我怕哪个记性好的小朋友突然想起来。但是日子一天天平安地过去了，大家都遗忘了，以后再说起玩具的时候，我吓得要死，但并没有人说火车的事。

真正把心放下来是从幼儿园毕业的那天。当我离开朝夕相处的老师和小朋友的时候，当然也有点恋恋不舍，但主要是像鸟一样地轻松了，我再也不用为那列子虚乌有的火车操心了。

这是我有记忆以来最清晰的一次说谎，它给我心理上造成的沉重负担，简直是一项童年之最。在漫长的岁月里我无数次地反思，总结出几条教训。

一是撒谎其实不值得。图了一时的快活，遭了长期的苦痛，占小便宜吃大亏。不到万不得已，不要说谎。

二是说谎很普遍。且不说那个男孩显然在说谎，就是其他的小朋友也经常浸泡在谎言之中。证据就是他们并不追问我大火车的下落了。小孩的记性其实极好，他们不问并不是忘了，而是觉得此事没指望了。也就是说，他们知道这是一个骗局。他们之所以能看清真相，是因为感同身受。

三是说谎是一门学问，需要好好研究，主要是为了找出规律，知道什么时候可说谎，什么时候不可说谎，划一个严格的界限。附带的是要锻炼出一双能识谎言的眼睛，在苍茫人海中谨防受骗。

修炼多年，对于说谎的原则，我有了些许心得。

平素我是不说谎的，没有别的理由，只是因为怕累。人活在世上，真实的世界已经太多麻烦，再加上一个虚幻世界掺和在里面，岂不更乱了套？但在我的心灵深处，生长着一棵谎言三叶草。当它的每一片叶子都被我毫不犹豫地摘下来的时候，我就开始说谎了。

它的第一片叶子是善良。不要以为所有的谎言都是恶意的，善良更容易把我们载到谎言的彼岸。我当过许多年的医生，当那些身患绝症的病人殷殷地拉了我的手，眼巴巴地问："大夫，你说我还能治好吗？"我总是毫不踌躇地回答："能治好！"我甚至不觉得这是谎言。它是我和病人心中共同的希望，在不远的微明处闪着光。当事情没有糟到一塌糊涂的时候，善良的谎言也是支撑我们前进的动力啊！

三叶草的第二片叶子是此谎言没有险恶的后果，更像是一个诙谐的玩笑或是温婉的借口。比如，文学界的朋友聚会是一般人眼中高雅的所在，但我多半是不感兴趣的。我对未知的事物充满了兴趣，很愿意同普通的工人、农民或是哪一行当的专家待在一起，听他们讲我不知道的故事，至于作家聚在一起要说些什么，我大概是有数的，不听也罢。但人家邀了你是好意，断然拒绝不但不礼貌，也是一种骄傲的表现，和我的本意相差太远。这时候，除了极好的老师和朋友的聚会我会兴高采烈地奔去，此外一般都是找一个借口推托了。比如，我说正在写东西，或是已经有了约会……总之，让自己和别人都有台阶下。这算不算撒谎？好像要算的。但它结了一个甜甜的果子，维护了双方的面子，挺好的一件事。

第三片叶子是我为自己规定的，谎言可以为维护自尊心而说。我们常常会做错事。错误并没有什么了不起，改过来就是了。但因为错误在众人面前伤了自尊心，就由外伤变成了内伤，不是一时半会儿治得好的。我并不是包庇自己的错误，我会在没有人的暗夜深深检讨自己的问题。但我不愿在众目睽睽之下，把自己像次品一般展览。也许每个人对自尊的感受不同，但大多数人在这个问题上都很敏感。想当年，一个聪敏的小男孩打碎了姑姑家的花瓶没有承认，也是怕自己太丢面子了。既然革命导师都会有这种顾虑，我们自然也可原谅自己。为了自尊，我们可以说谎，同样为了自尊，我们不可将谎言维持得太久。因为真正的自尊是建立在不断完善自己的基础上的，谎言只不过是暂时的烟雾。它为我们争取来了时间，我们要在烟雾还没有消散的时候，把自己整旧如新。假如沉迷于自造的虚幻，烟雾消散之时，现实将更加窘急。

随着年龄的增长，心田里的谎言三叶草渐渐凋零。我有的时候还会说谎，但频率减少了许多。究其原因，我想，谎言有时表达了一种愿望，折射出我们对事实朦胧的希望。生命的年轮一圈圈增加，世界的本来面目像琥珀中的甲虫越发纤毫毕现，需要我们更勇敢地凝视它。我已知觉人生的第一要素不是善，而是真。我已不惧怕残酷的真相，对过失可能的恶劣的后果有了兵来将挡、水来土掩的勇气。甚至对于自尊也变得有韧性多了。自尊，便是自己尊重自己，只要你自己不倒，别人可以把你按倒在地上，却不能阻止你满面尘土、遍体伤痕地站起来。

有的人总是说谎，那不是谎言三叶草的问题，简直是荒谬的茅草地了。对这种人，我并不因为自己也说过谎而谅解他们，偶尔一说和家常便饭地说，还是有原则上的区别的。

中国有句古话，叫作“人之将死，其言也善”。我觉得这个“善”字就是真实的意思。也就是说，人到临死的时候就不说谎了。

但这个省悟，似乎来得太晚了一点。

活着而不说谎，当是人生的大境界。

人总是要说谎的，
谁要是说自己不说谎，
这就是一个
彻头彻尾的谎言。

久病成灰

你要是一个穷人，说钱的作用是有限的，人们就不信你，以为是嫉妒。你要是一个富人，说同样的话，人们不但信你，还称赞你高风亮节。国人有个习惯，要想评判一件事或是一个物品，你必得先拥有它，如欲评之，必先享之。

这话乍一听，挺对的。你想啊，要是一个饭店的大师傅，自己面黄肌瘦的，人们怎么能相信他的烹调手艺？要是一个教书的先生，连自己的孩子都管教不了，人们还敢把学生送到他的私塾里去吗？

但细一想，又有些不对，世上的事有许多是我们终生所尝试不了的。爆炸的世界每天向我们提供多少信息，新诞生的行业令人目不暇接。身体力行乃是前工业社会慢节奏的标本。古代只需行万里路、读万卷书就可以成为一代文豪的坯子。今天你就是钻进航天飞机，只怕也看不全天下的大事。飞速旋转的世界使任何人都只能是某一领域的权威，对其他的领域只能瞠目结舌。

因为当过多年的医生，总记得一句“久病成医”的话。

仔细想来，这话是有一定的道理。你要是得过感冒，下次再得同样病的时候，就要有经验得多。什么时候该吃药，什么时候该发汗，终是比没得过此病的人要沉着。

但又一想，不对了。感冒并不是疾病的全部，有许多更凶险的疾患是不可以一一尝试的。比如癌症，你如果不幸染上了，是听一个得过此病的病人的话，还是听医生的话？那个医生是没得过癌症的。

我想绝大多数人还是要以医生的话为准。比如，中国妇产科的泰斗林巧稚女士，并不曾结婚生子，但她赢得了无数病人的敬重，因为她凭借的是科学。

久病的确可以使人“成医”，使他成为他那一种病现身说法的“活标本”。假如他是一个爱钻研的人，也许还会有所造诣。但是疾病的世界林林总总，并不是只局限于你所罹患的这一种或几种，任何人都不能把天下的疾病全搜罗在身。一个好的医生不是得病得出来的，而是经过长期的学习历练出来的。假如一个人不断得病，那么等待他的命运就不是“成医”，而是“久病成灰”了。

说了许多关于生病的话，只缘有感于国人太注重自身的经验，过分相信体验过此事的人的一面之词。更有甚者，竟到了假如你没有经历此事，就取消你的发言权的地步。

要取得评判钱的资格，自己必得有许多钱；要探讨女人的心理，必得有情感上的罗曼史或者干脆就是“妻妾成群”。

比如，一部电影好不好看，我们总是太相信那个已经看了电影的记者或是评论家的话，哪怕这一次上了当，下一次还信他。国人多善良，以为上一次是他走了眼，这一回大约改好了吧？其实不然。他虽说吃过葡萄，但是说错了。即使下次他吃的是梨，我也不信他描述的梨的滋味，而是宁可听一个没有吃过梨，但是研究过梨的学者的报告。

这个世界上以前发生的事少，现在发生的事多，我们不可能事必躬亲，可我们要对很多事情拿出自己的看法。听谁的？亲历过此事的人的话，可听，但不可全信。古人就有“不识庐山真面目，只缘身在此山中”的教诲，尤其是那个人的品行不好，说的话就更要打折扣了。

这看法大概偏颇。但现代社会的节奏太快，经验不但要从自身的经历取得，而且要从研究过此事的专家那里获得。

一个得过最多种疾病的人，医学知识也要少于医学院最蹩脚的学生。

当然有关医生责任心的问题，不在此例。

积木别墅

人的血液里，流淌着热爱盖房子的愿望。证据是我们从小就爱玩积木。

那是一些多么美丽的小木块啊！方的、长的、绿的、黄的、腰鼓状的、半球状的……新积木紧紧地镶在漂亮的纸盒子里，上面有一张折叠的纸。

那是图纸，锲而不舍地告诉我们，用盒子里的这些材料可以搭出怎样的建筑。

纸上的模型自然很精彩。但是属于我的那些积木，直到尖锐的棱角磨得圆钝，表层的彩漆脱落尽，都没有一次按图索骥组装成纸上的模样。

我不喜欢现成的图案。纸上已经画出来了，就像挖掘好的河道，思维的小船只能在里面慢慢漂。那样我们就降为工匠，而不是设计师了。

有一次幼儿园里举行搭积木比赛，要求是用尽给你的积木搭一所好看的房子。

我趴在桌上，将我的那堆积木看了半天，然后很快开始干活。我把一块红色的长方形积木和一块同样形状的绿色积木并排立起来，它们就组成了一个别致的正方形。然后，把一个金色的三角形积木搁在上面，第一间小房子就宣告竣工了。

我还依次搭了一些同样分散而小巧的建筑，精致的小亭子、带钟表的小阁楼等。最后，我还剩了一块淡蓝色的柱形积木，不知道干什么用好，就把它直直地戳在建筑群的正当中。

时间到了，我偷着觑了一眼旁边的小朋友。那是一个胖胖的男孩。

他倾其所有的家当，搭了一座牌坊似的塔楼。风一吹，扇形的积木墙就摇摇晃晃。他举着两只手，既不敢扶，又不敢不扶，悬空护卫着他的作品。

老师走到我的部落前，说，你搭的这是什么呀？是别墅吗？这么浪费地方！

这是我生平第一次听到“别墅”这个名词。

她接着拨拉那块矗立着的淡蓝色小积木，又说，你怎么剩了一块砖?

我说，那不是砖。

老师说，那你说说，它到底是什么?

我说，是一个人啊。他正好从房间里走出来，要穿过这个小月亮门到拱桥上去……

老师仔细地听完了我的解释，然后公布我的邻桌是此次比赛的第一名，而我是最后一名。

胖男孩得意地望着我，我惭愧地一把将自己的别墅晃倒。

他的高楼也应声倒了。没有人碰它，高楼弱不禁风。

随着年龄的增长，我也终于明白了自己的不合时宜。我们的国家土地那么少，人口那么多，普通人哪里能享得别墅的奢侈。

我在地震的年代又看到了那个胖男孩，他变得很消瘦，在一家工厂当工人。

一夜间，起了那么多防震棚。各家各户的男子汉好像都是上好的建筑师。因陋就简，瓜菜代砖，顺手牵羊，拆了东墙补西墙……人们一时间焕发出惊人的聪明才智，各家的小房子像雨后的毒蘑菇，色彩斑斓，争奇斗艳。

我站在他搭的小房子里，身旁是用裁了图钉后剩的洋铁板钉成的窗户。那边角碎料，通常是用来做简易暖瓶的外壳的，制成窗户，别有一番情趣。

我原以为阳光透过这种“玻璃”还不得被切割得支离破碎，在地面留下麻子一般的光点。其实完全不是这样。

强烈的阳光穿过铁皮的空隙，倏地变淡了，好像钻进一层镂花的窗帘。它均匀而温柔地铺在不久前还是旷野的土地上，使没有被铲净的小草根冒出嫩绿。

这样简易的窗户自然是没有纱窗的。寒暄之后，我问主人，铁皮上这么大的窟窿眼，得飞进多少苍蝇蚊子？

主人说，苍蝇飞不进来。

我说，不能吧？这么大的洞，挤一挤，两只苍蝇可并排通过。主人笑了，说，苍蝇没有人聪明，它们不会抿了翅膀飞。所以无论从理论上讲还是实践验证，我这间自盖的小窝棚里，从没飞进过苍蝇。

我不甘心地问，那么蚊子呢？

主人叹了一口气说，假如晚上点灯，蚊子见了亮，就会飞进来。

我说，假如摸黑坐着，蚊子就不会来了吧？

主人说，也不行。蚊子能闻见人血的气味，照样飞进来咬你。

我说，那就只有在棚子里多喷点儿杀虫药了。

主人苦笑了一下，说，四面漏风的小房子，药味早就随风飘散了。

我说，那就搬回正经房子里住吧。

他说，搬不回去了。弟弟已经用他俩合住的房子结了婚。新人说，他们不怕地震，只怕没房。

我不知再说什么，主人反过来安慰我。他说，住在自己亲手盖的房里，再小也令人得意。假如有了足够的地方、足够的材料，他能盖一栋最舒适的房子。通过这回实地操作，他发现自己的手艺挺不错。

就盖一座你当年挨了批评的别墅吧。他用玩笑结束了自己的话。

他还记得那件事，他还是那么爱盖房子！

又是许多年过去了，社会在不断地进步着。我们已经可以比较自由地选择我们的食物、衣服、发式和室内的装饰（假如不是太奢侈的话）。

我再没有见到那个原先很胖后来消瘦了的邻桌。有时在夏天有蚊子飞过的夜晚，看到很壮观的高楼或很精巧的别墅，我就会想起他。

但愿将来有一天，他能按照自己的愿望，盖一座理想中的房子。

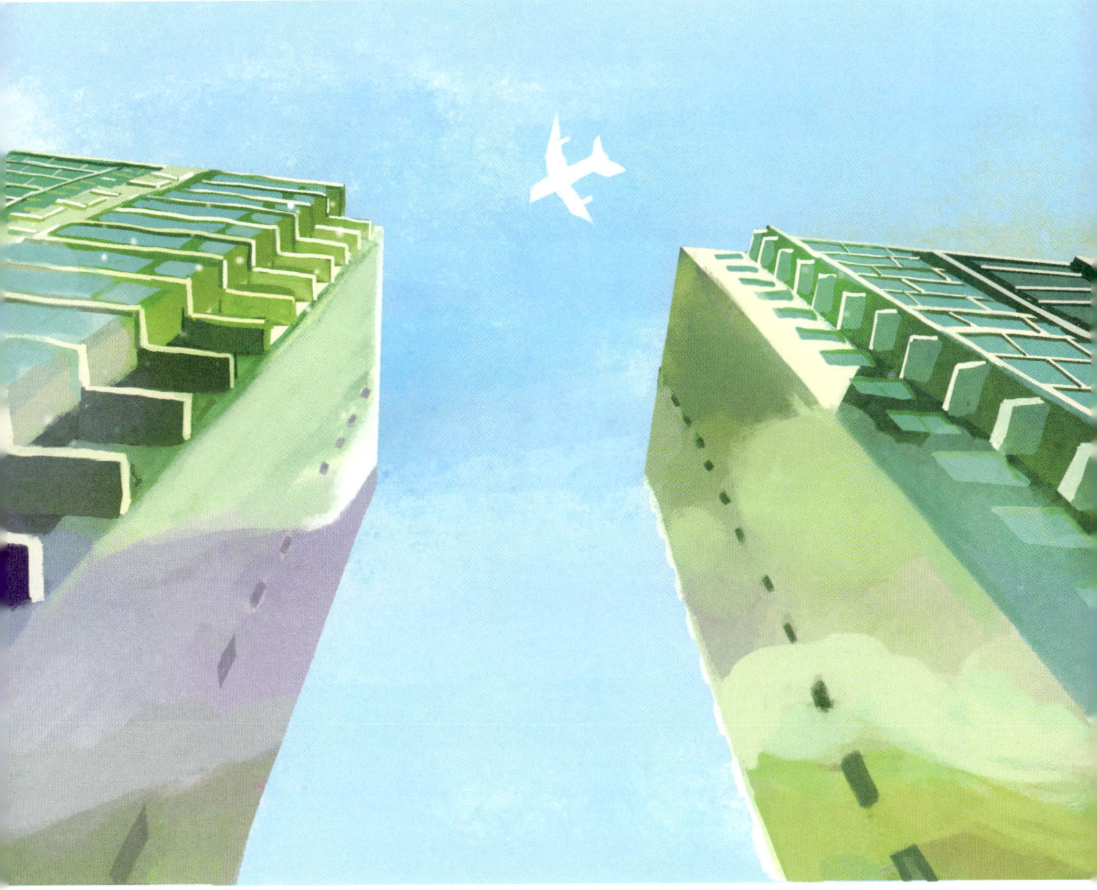

纸上的模型自然很精彩。
但是属于我的那些积木，
直到尖锐的棱角磨得圆钝，
表层的彩漆脱落尽，
都没有一次按图索骥
组装成纸上的模样。

挖掘心灵第一图

一位睿智老人说，在每个人的心灵深处都珍藏着一幅对这个世界最初的印象图画。它储存在脑海的褶皱中，平时被繁杂的信息遮挡，好像昏睡的幽灵不理晨昏，但它无所不在地笼罩着我们，统领着每个人对世界的基本视点。好像一纸符咒，规定了我们探询世界的角度。

这话挺玄秘的，有点巫术的味道。我不服，挑战地问："可以当场试试吗？"

老人很谦和地一笑，说："一家之言。你可以信，也可以不信。"

我说："我恰好知道一个人的心底图像。您若说中了，我就信。"

老人淡然回答："行啊。"

我说："这个人啊，脑海里留下的最朦胧也最原始的图像是一片无边的荒漠，尘沙漫天、苍黄渺茫，但他周围的小环境不错，好像是一个温暖的怀抱，有袅袅的香气环绕……"

说完，我定定地看着老人，且听他如何分解。

老人缓缓地说："他的精神世界对立而单纯，沉重而简明。对世界本质的认识充满疑惧，觉得人力无法胜天；宇宙不可知；人是孤独渺小的生物，基调混沌而迷茫。但他还会快乐而努力地活着，时时感受到温情和带着暖意的希望，寻找一个光亮、安静、芬芳的所在……"

说完后，老人问我："他是这样一个人吗？"

我抑制住自己的大惊异，说："对与不对，以后我再告诉您。现在，我最想知道的就是您这种分析的基本方法，能教我一些吗？"

老人说："少许心得，不值多说。有点占卜的意味，但并不是街头的摆摊算卦。首先，你让被试者静静地躺下，拼命想早先的事。意识好比柳絮，能飞多远飞多远。回忆的触角竭力向脑仁深处钻，最后变得似睡非睡似醒非醒，一片混沌最好。让人由眼前的明明白白泡入米汤样的童年，到了再也沉不下去的时候，他的心里就会猛地浮出一幅画。让他把这幅画讲给你听，然后……"

老人一一道来，我全身心紧急动员，照单接收。老人说：“喏，基本思路就这些，剩下的事看你的悟性了。”

我说：“您可要‘传帮带’啊。”

其后的一段时间，我像个居心叵测的探子，不断启发诱导各色人等，把他们脑海中留下的生命原初印象挖掘出来，一一告我，由我再转达老人。老人娓娓道出其中蕴含的深意。至于那人真实生活中的脾气品性，老人完全不感兴趣，也绝不想知道。在他的眼里，每个人的图谱就是性格之书的目录，他不过是读出来而已。

开头不顺利，第一位男人所谈简陋得像撕下的小人书碎片。

“那幅图像嘛，好像是一个黑夜，不知是灯灭了，还是眼睛得了病，总之黑暗环绕……完了，就这些。”他干巴巴地舔舔嘴唇说。

他那时黑暗，我此时也黑暗。到处像泼了墨汁，如何分析？我只好拼命启发他再想深入些。搜肠刮肚半晌，他补充如下：“我摸着黑，仿佛找到一碗粥，就把它喝下去了。我妈妈走过来，眼泪洒在我脸上。很凉……哦，就这些，再也没有了。”他坚决地结束了回忆。

真是老虎吃天啊。我沮丧地请教老人，老人说：“嗯，足够了。他是个悲观主义者，一生都在寻找。他对自己终极寻找的东西究竟是什么，也闹不清楚。在这寻找的途中，他会得到温暖和利益的回报，他会很珍视亲情。但这些并不能缓解他寻找的焦虑，冲淡他与生俱来的悲哀，稀释充满他周围的茫茫黑色。”

我频频点头，最终也没有告诉老人，那是一位苦苦求索的哲学家的心底图像。反正老人并不需要他人的验证。

一个矮小的年轻人不好意思地说：“我的第一图像似乎没什么好说的，支离破碎。那是我和我弟弟在抢被窝。你知道，我小的时候家里很穷，打通腿，就是两人合盖一个被筒。谁都想自己盖得暖和些，就拼命把被子朝自己身上裹……就这些，整夜抢啊抢的。穷人家的被子小，遮了这头捂不了那头。我比弟弟个儿大，总是占上风的时候多些。这就是全部了。”

老人分析：“这个年轻人竞争性很强，在他的眼里，‘弱肉强食’是生存的基本状态。他信奉实力决定一切，因此他会不遗余力地为自己争夺尽可能多的物质利益和生存空间。但他一般不会害人，不会使用特别凶残的手段。在他的内心里，还残存着‘四海之内皆兄弟’的道义。”

实际情况是，那年轻人个子不高，说苛刻点几乎要算其貌不扬了，加上家境贫寒，按照常理该是比较自卑的。但他不，一点都不。整天意气风发、精神抖擞的，上大学，考研究生，什么都不落空。每当竞争的时候，他总是毫不退却、奋勇向前。计谋算不上很光明正大，但手段也并不卑劣，懂得趋利避害、适可而止。也许是天时加上人和，他的运气一直不错。

一位依旧美丽的中年女企业家告诉我，世界在她眼里是盘根错节的森林，热带雨林，遮天蔽日的。她在摸索着走，有时是爬，到处都有陷阱和叫不出名字的昆虫，很华丽也很狰狞……下着雨，很冷，有大毛虫发育成的极冷艳的蝴蝶在脖子后面盘旋……

我对这幅图像的真实性抱有深刻的怀疑。她祖籍北方，从未踏入北回归线以南。再说一个幼小婴孩，想象得出热带雨林的具体模样吗？还有毛虫和蝴蝶，这样复杂重叠的象征意象也是孩童难以触及的。她的叙述更像一场成人梦境，一个幻觉。

但女企业家谈话时的郑重神态，使我无法贸然认定她在说谎。

老人听完我的转述与疑问说："这是真实的。心灵的真实不仅仅是亲眼所见，更多的时候是一种浓缩升华后的感受。哪怕你说图像尽头是一幅外星人联欢的图画，我也确信无疑。人的感受有一种特质——无比忠诚。出于种种的利害关系，它可以欺骗别人，但它为自己保留下的图谱不会是赝品。这位女性对世界的看法，是荒诞奇诡而又不乏夺人心魄的诱惑与美丽，她应该擅长打拼，奋斗出了很高的成就。她好强，勇于挑战。但在不断的挣扎寻觅中，又感到巨大的孤独与人世的险恶。她臆造了一片热带雨林……"

我无话可说。老人就像与那女人相识了一百年，用电脑扫描了她的整个人生，留下一纸谶语。

随着积累的人们心底第一图数量的增多，我渐渐发觉探索源头的奥秘对每个人是一次心灵的剖析和飞跃。知道了自己眺望世界的基本视角，便有了揭示自身很多特点的钥匙。我们也许不能改变它，却可以因此变得更加理智和从容。

老人有一天对我说：“你第一次对我描述的那个人，就是在沙漠中睁开眼睛看世界的人是谁啊？你还没有告诉我。”

我说：“那个人就是我。我母亲抱着我，行进在从新疆到北京天地一色的途中。”

知道了自己
眺望世界的基本视角，
便有了揭示自身
很多特点的钥匙。
我们也许不能改变它，
却可以因此
变得更加理智和从容。

今生五百次的回眸

佛说，前世的五百次回眸，才换来今生的擦肩而过。顿生气馁，这辈子是没得指望了，和谁路遇和谁接踵，和谁相亲和谁反目，都是命定，挣扎不出。特别想到我今世从医，和无数病患咫尺对视。若干垂危之人，我手经治，每日查房问询，执腕把脉，相互间凝望的频率更是不可胜数，如有来世，将必定与他们相逢，赖不脱躲不掉的。于是这一部分只有作罢，认了就是。但尚余一部分，却留了可以掌握的机缘。

一些愿望，如果今生屡屡瞩目，就埋了一个下辈子擦肩而过的伏笔，待到日后便可再接再厉地追索和厮守。

今世，我将用余生五百次眺望高山。我始终认为高山是地球上最无遮掩的奇迹。一个浑圆的球，有不屈的坚硬的骨骼隆起，离太阳更近，离平原更远，它是这颗星球最勇敢最孤独的犄角。它经历了最残酷的折叠，也赢得了最高耸的荣誉。它有诞生也有消亡，它将被飓风抚平，它将被酸雨冲刷，它将把溃败的肌体化作肥沃的土地，它将在柔和的平坦中温习伟大。

我不喜欢任何关于征服高山的言论，以为那是人的菲薄和短视。真正的高山不可能被征服，它只是在某一个瞬间，宽容地接纳了登山者，让你在它头顶歇息片刻，给你一窥真颜的恩赐。如同一只鸟在树梢啼叫，它敢说自己把大树征服了吗？山的存在，让我们永葆谦逊和恭敬的姿态，知道在这个世界上，有一些事物必须仰视。

今生，我将用余生一千次不倦地凝望绿色。我少年戍边，有十年的时间面对的是皑皑冰雪，看到绿色的时间已经比他人少了许多。若是因为这份不属于我选择的怠慢，罚我下辈子少见绿色，岂不冤枉死了？

记得在千百个与绿色隔绝的日子之后，我下了喀喇昆仑山，在新疆叶城突然看到辽阔的幽深绿色之后，第一反应竟是悚然，震惊中紧闭了双眼，如同看到密集的闪电。眼神荒疏了忘却了这人间最滋润的色彩，以为是虚妄的梦境。

就在那一瞬，我皈依了绿色。这是最美丽的归宿，有了它，生命才得以繁衍和兴旺。常常听说地球上的绿地到了 ×× 年就全部沙化了，那是多么恐怖的期限。为了人类的长盛不衰，我以目光持久地祷告。

今生，我将一万次目不转睛地注视人群。如果有来生，我期望还将成为他们之中的一员，而不是其他的什么动物或是植物。尽管我知道人类有那么多可怕的弱点和缺陷，我还是为这个物种的智慧和勇敢而赞叹。我做过一次人类了，我知道了怎样才能更好地做人。做人是一门长久的功课，当我们刚刚学会了最初的运算，教科书就被合上。卷子才答了一半，抢卷的铃声就响了，岂不遗憾？

把自己喜欢的事一一想来，我还要看海看花，看健美的运动员看睿智的科学家，看慈祥的老人和欢快的少女，当然还有无邪的小童，突然就笑了。想我这余生，也不用干其他的事了，每天就在窗前屋后呆呆地看山看树看人群吧，以求个来世的擦肩而过。这样一路地看下去，来世的愿望不知能否得逞，今生的时光可就白白荒废了。于是决定，从此不再东张西望，只心定如水，把握当前。

不为虚缈的擦肩而过，而把余生定格在回眸之中。喜欢山所表达的精神，就游历和瞻仰山的英拔和广博，期望自己也变得如许坚强。喜欢绿色和生命，喜爱人的丰饶和宝贵，就爱惜资源，尊重自己也尊重他人。

佛说，
前世的五百次回眸，
才换来今生的擦肩而过。
一些愿望，
如果今生屡屡瞩目，
就埋了一个下辈子
擦肩而过的伏笔，
待到日后便可
再接再厉地追索和厮守。

九芒星的钥匙

有一个古老的传说，在宇宙中有一颗闪着九束霞光的星辰，叫作九芒星。九芒星是天堂的所在，人类如果最后抵达了那里，就会健康快乐，充满力量。九芒星有一枚钥匙，当众神缔造完了人类的那天傍晚，他们聚在一起，商量这把伟大的钥匙，究竟藏在哪里呢？既不能让人类很轻易地找到，也不能让人类总也找不到，浸泡于痛苦之中。

争论半天。有的说，把九芒星的钥匙扔入大海之峡；有的说，埋在雪山之巅；有的说，干脆裹进太阳的肚子里……但众神一想，这些地方随着人类科技的发达，总是可以找到的。讨论了很久，最后众神统一了意见，把九芒星的钥匙种在一个最好找又最不好找的地方，那就是人类的心田。

众神很得意。这个地方，人类在最初的时候，是绝对想不起去寻找的。

当他们搜遍天空海洋的每一朵云彩和每一粒水珠，踩踏了地球上每一寸土地，还未曾找到天堂的钥匙的时候，也许他们会惆怅而思索地低下头来，查看自己的内心吧？

在每个人的星空，都有一颗九芒星。在每一颗九芒星的上面，都建有一座快乐的天堂。在每一座天堂的墙壁上，都镶着一扇需要打开的门。在每个人的心中，都藏着一枚九芒星的钥匙。

寻找你的九芒星钥匙吧。找到了，快乐和力量就像瀑布，从此充满了你的血脉。

在每个人的星空，
都有一颗九芒星。
在每一颗九芒星的上面，
都建有一座快乐的天堂。
在每一座天堂的墙壁上，
都镶着一扇需要打开的门。
在每个人的心中，
都藏着一枚九芒星的钥匙。

鱼在波涛下微笑

心在水中。水是什么呢？水就是关系。关系是什么呢？关系就是我们和万物之间密不可分的羁绊。它们如丝如缕百转千回，环绕着我们，滋润着我们，营养着我们，推动着我们。同时也制约着我们，捆绑着我们，束缚着我们，缠绕着我们。水太少了，心灵就会成为酷日下的撒哈拉。水太多了，堤坝溃塌，如同 2005 年夏天的新奥尔良，心也会淹得两眼翻白。

人生所有的问题，都是关系的问题。在所有的关系之中，你和你自己的关系最为重要。它是关系的总脐带。如果你处理不好和自我的关系，你的一生就不得安宁和幸福。你可以成功，但没有快乐。

你可以有家庭，但缺乏温暖。你可以有孩子，但与他难以交流。你可以

姹紫嫣红宾朋满座，却不曾有高山流水患难之交。你会大声地埋怨这个世界，殊不知症结就在你自己身上。

你爱自己吗？如果你不爱自己，你怎么有能力去爱他人？爱自己是最简单也是最复杂的事情。它不需要任何成本，却需要一颗无畏的灵魂。我们每个人都是不完满的，爱一个不完满的自己是勇敢者的行为。

处理好了和自己的关系，你才有精力和智慧去研究你的人际关系，去和大自然和谐相处。如果你被自己搞得焦头烂额，就像一个五内俱空的病人，哪里还有多余的热血去濡养他人！

在水中自由地遨游，闲暇的时候挣脱一切羁绊，到岸上享受晨风拂面，然后，一个华丽的俯冲，重新潜入关系之水，做一条鱼在波涛下微笑。

人生所有的问题，
都是关系的问题。
在所有的关系之中，
你和你自己的关系最为重要。
它是关系的总脐带。
如果你处理不好和自我的关系，
你的一生就不得安宁和幸福。
你可以成功，
但没有快乐。

有一种笑，令人心碎

做过心理医生，看到过无数来访者。一天，有人问道，在你的经历中，最让你为难的是怎样的来访者？说实话，我还真没想过这个问题，他这一问，倒让我久久地愣着，不知怎样回答。

后来细细地想，要说最让我心痛的来访者，不是痛失亲人的哀号，或是奇耻大辱的啸叫，而是脸挂无声无息微笑的苦人。

有人说，微笑有什么不好？不是到处都在提倡微笑服务吗？不是说微笑是成功的名片吗？最不济也是笑比哭好啊。

比如，一个身穿黑衣的女孩对我说，您知道我的外号是什么吗？我叫“开心果”，我是所有人的开心果。只要我周围的人有了什么烦心事，他们就会找到我。我听他们说话，想方设法地逗着大家快乐，给他们安慰。可是，我不欢喜的时候，却找不到一个人理我了。周围一片灰暗，我只有一个人躲在被窝里哭……

我听着她的话，心中非常伤感，但她脸上的表情却让我百思不得其解。那是不折不扣的笑容，纯真善良，几乎可以说是无忧无虑的。连我这双饱经风霜的老眼也看不出有什么痛楚的痕迹。她的脸和她的心，好像是两幅不同的拼图，展示着截然相反的信息，让人惊讶和迷惑，不知哪一面是真。

我说，听了你的话，我很难过。可看你的脸，我察觉不出你的哀伤。她下意识地摸摸自己的脸说，咦，我的脸怎么啦？很普通啊。我平时都是这样的。

于是我在瞬间明白了她的困境。她脸上的笑容是她的敌人，把错误的信息传达给了别人。当她需要别人帮助的时候，她的脸、她的笑容在说着相反的话——我很好，不必管我。

有一个男子说他和妻子青梅竹马，说他以妻子的名字起了证照，办起了自家的公司。几年打拼，积聚下了第一桶金。小鸟依人的妻子身体不好。丈夫说，你从此就在家里享福吧，我有能力养你了。你现在已经可以吃最好的伙食和最好的药，等我以后发展得更好了，你还可以戴着最好的首饰去看世界上最好的风景。再往后，你也会住上最好的房子……他为妻子描画出美好的远景之后，就雷厉风行地赚钱去了。

当有一天他风尘仆仆地回到家中时，妻子不在屋中。他遍寻不到，焦急当中，邻居小声说，你不是还有一套房子吗？他说，不，我没有另外的房子。邻居锲而不舍地说，你有，你还有一套房子。我们都知道，你怎么能假装不知道？男子想了想说，哦，是了，我还有一套房子。你能把我带到那套房子去吗？邻居说，一个人怎么能忙得把自己的房子在哪里都忘了呢？它不是在××路××号吗？邻居说完就急忙闪开了，不想听他道谢的话。男子走到了那个门牌前，看到了自己最要好的朋友的车就停在门前。他按响了门铃，却没有人应答。

这是一栋独立的别墅，时间正是上午十点。男子找了一个合适的角度，可以用眼睛的余光罩住别墅所有的出口和窗户。然后他点燃一支烟，他狠狠地抽了半天，才发现根本就没有点燃。他就这样一支接一支地抽下去，直到太阳升到正午，还是没有见到任何动静。他面无表情地等待着，知道在这栋别墅的某个角落里有两道目光偷窥着自己。到了下午，他还如蜡像一般纹丝不动。

傍晚时分，门终于打开了，他的朋友走了出来。他迎了上去，在他还没有开口的时候，那个男人说，算你有种，等到了现在。你既然什么都知道了，你要怎么办，我奉陪就是了。说着，那个男人钻进车子，飞一样地逃走了。丈夫继续等着，等着他的妻子走出门来。但是，直到半夜三更，那个女人就是不出来。后来，丈夫怕妻子出了什么意外，就走进别墅。他以为那个懦弱负疚的妻子会长跪在门廊里落泪不止，他预备着原谅她。但他看到的是盛装的妻子端坐在沙发里等他，说，你怎么才来？我都等急了。我告诉你，你听不到你想听的话，但你能想得出来所有的事情都发生了，你爱怎么办就怎么办吧，我们等着你……说完这些话，那个女人就袅袅婷婷地走出去了，把一股陌生的香气留给了他。他说，那天他把房间里能找到的烟都吸完了，地上堆积的烟灰会让人以为那里曾经发生过火灾。

我听过很多背叛和遗弃的故事，这一个就其复杂和惨烈的程度来说并不是太特别。之所以印象深刻，是因为这位丈夫在整个讲述过程中的表情——他一直在微笑，不是任何意义上的苦笑，而是真正的微笑。这种由衷的笑容让我几乎毛骨悚然了。

我说，你很震惊，很气愤，很悲伤，很绝望，是不是？

他微笑着说，是。

我恼怒起来，不是对那对偷情的男女，而是对面前这被侮辱和损害的丈夫。

我说，那你为什么还要笑？！

他愣了愣，总算暂时收起了他那颠扑不破的笑容，委屈地说，我没有笑。

我更火了，明明是在笑，却说自己没有笑，难道是我老眼昏花或是神经错乱了吗？我急切地四处睃巡。他很善意地说，您在找什么？我来帮助您找。

我说，你坐着别动，对对，就这样，一动也不要动。我要找一面镜子，让你看看自己是不是无时无刻不在笑！

他吃惊地托住自己的脸，好像牙疼地说，笑难道不好吗？

我没有找到镜子。我和那名男子缓缓地谈了很多话。他告诉我，因为母亲是残疾人，父亲在他出生后不久就把他们母子抛弃了。母亲带着他改嫁了一个傻子，那是一个大家族。他从小就寄人篱下。谁都可以欺负他。出了任何事，无论是谁摔碎了碗、谁打烂了暖瓶，无论他是否在场，都说他干的，他也不能还嘴。他苦着脸，大家就说他是个丧门星，说给了他饭吃，他起码要给个笑脸。为了少挨打，他开始学着笑。他对着小河的水面笑，小河被他的泪水打出一串旋涡。他对着破碎的坛子里蓄积的雨水练习笑容，那笑容把雨水中的蚊子都惊跑了。他练出了无时无刻不在微笑的脸庞，渐渐地，这种笑容成了面具。

这个故事让我深深地发现了自己的浅薄。微笑，有时不是欢乐，而是痛苦到了极致的无奈。微笑，有时不是喜悦，而是生存下去的伪装。深刻检讨之下，我想到了一个词来形容这种状况，叫作——佯笑。

佯攻是为了战略的需要，佯动是为了迷惑敌人，佯哭是为了获取同情，佯笑是为了什么呢？当我探求的时候，发现在我们周围浮动着那么多佯笑。如果佯笑出现在一位中年及以上的人脸上，我还比较能理解，因为生活和经历给了他们太多的苍凉，但我惊奇地看到很多年轻人也被佯笑的面具所俘获，你看不到他们真实的心境。

其实，这不是佯笑者的错，但需要佯笑者来改变。我想，每一个婴儿出生之后，都会放声啼哭和由衷地微笑，那时候，他们是纯真和简单的，不会伪装自己的情感。由于成长过程中种种的不如意，孩子们被迫学会了迎合和讨好。他们知道，当自己微笑的时候，比较能讨到大人的欢心，如果你表达了委屈和愤怒，也许会招致更多的责怪。特别是那些在不稳定不幸福的家庭中长大的孩子，他们幼小的脑海还无法分辨哪些是自己的责任、哪些不过是成人的迁怒。孩子总善良地以为是自己的错，是自己惹得大人不高兴了。由于弱小，孩子觉得自己有义务让大人高兴，于是开始练习佯笑。久而久之，佯笑几乎成了某些孩子的本能。所以，佯笑也不是百无一用的，它掩饰了弱小者的真实情感，在某些时候为主人赢得了片刻安宁。

可是佯笑带来的损伤和侵害是潜在和长久的。你把自己永远钉在了弱者的地位，不由自主地仰人鼻息。在该愤怒的时候，你无法拍案而起；在该坚持的时候，你无法固守原则；在合理退让的时候，你表现了谄媚；在该意气风发的时候，你难以潇洒自如；还可以举出很多。当很多年轻人以为自己的风度和气质是一个技术操作性的问题时，其实背后是一个顽固的心结，那就是你能否流露自己的真实情感。

我们常常羡慕有些人那么轻松自在和收放自如，我们不知道怎样获得这样的自由。

最简单的方法就是全面地接受自己的情绪，做一个率真的人，学会和自己的心灵对话。

你不可要求自己的脸上总是阳光灿烂。你不能掩盖和粉饰心情，你必须承认矛盾和痛楚。只有这样，我们才能真正成为驾驭自己的主人。

回到那位被背叛的男子，当他终于收起了微笑，开始抽泣的时候，我觉得这是他的大进步、大成长。他的眼泪比他的笑容更显示坚强。当他和自己的内心有了深刻的接触之后，新的力量和勇气也就油然而生了。

现代商战把微笑也变成了商品，我以为这是对人类情感的大不敬。微笑不是一种技巧，而是心灵自发的舞蹈。我喜欢微笑，但那必须是内心温泉喷涌出的绚烂水滴，而不是靠机器挤压出的呻吟。

请你不要佯笑。那样的笑容令人心碎。

微笑，
有时不是喜悦，
而是生存下去的伪装。

大部分人都想过自杀

我相信，大部分人都想过自杀，比如我自己。我并不觉得这很奇怪，人人生命中都可能有这样一刻，我们在考虑现在的生活还值不值得过下去。它出现的频率比设想的要多得多。很多人经常在考虑，第二天早上我还要不要起床？要不要面对如此繁杂的世界，延续如此恶劣的情绪？

有一阵子，电视台、广播电台采访我的时候，总是问我，听说您年轻的时候，在西藏，曾经想到过自杀？

我说，是啊，非常认真地想过。

主持人说，可以详细地讲讲吗？

我说，这次就不说了吧，我已经在别的节目里说过了。

主持人坚持说，这一段非常重要。连您这样的人都想过自杀，可见这样想的人太多了。可是大家一般都不愿意说。我只好又说一遍。人人都说西藏与灵魂有关，我觉得西藏与自杀有关。

台底下，主持人私下对我说，自己也曾想过自杀，只是没有勇气告诉别人。

我觉得连一次自杀都没想过的人，肯定凤毛麟角。自杀其实就是一种极度的退避和逃跑。因为无处可逃了，最后干脆把生命也彻底抛离。

当我年轻的时候，很多次想过自杀，甚至觉得这是一个最后的法宝。因为有了这样一个万无一失的法宝，反倒不再害怕生活的残酷。我现在很少想到自杀了，因为我越来越感到生命是如此的宝贵，我要好好地度过。即使是悲惨和疼痛，也证明生命依然灵敏地感知着、活跃着。

我接触过很多想要自杀的人。其中，有的人以一种“救世”的期待来毁灭自己的生命，怀抱着荒诞的希望，以为通过放弃自己的生命和幸福就可以保障和挽救其他人，尝试以自己的灾难和毁灭给别人带来平安。这无疑是非常不现实的。

自杀的人，诚然是可怜的。但究其目的，除了戕害自己以外，还有很多人，是希望以自己的死来惩戒他人，来挽救某种事态的颓势。我们自然不能对死者苛求更多，但这种死亡达不到目的是显而易见的。如果你确实无法忍受生的艰难，你要选择死亡，这是你的自由。但你企图以你自己的死来达到某种目的，就是临死还生活在迷幻之中。

你要想达到某种目的，只有靠自己的奋斗。想用自己的死启发别人来为你的理想而努力，是偷懒和愚蠢的一厢情愿。不要把自己都无力面对的现实黏附在他人身上，那是彻头彻尾的执迷不悟。

我觉得连一次自杀都没想过的人，
肯定凤毛麟角。
自杀其实就是一种极度的退避和逃跑。
因为无处可逃了，
最后干脆把生命也彻底抛离。

自卑情结是幸福的最大敌人

有一种天然的感觉，伴随我们一生。有人说，那是爱，其实不是。爱不是天生就具备的品德，是需要学习的。一个刚刚出生的婴儿，并不懂得爱，但他感到了自卑。哭声就是自卑的旗帜，那是对寒冷（相比于母体内的恒温）、对孤独（相比于母体内的依傍）的第一声惊恐的告白，也是被迫独立生活的宣言。这个景象挺有象征意义。人在强大的自然规律面前，没有法子不自卑。但是，人又不能被自卑打倒，人就是在同自卑的抗争中成长壮大起来的。

可以说，自卑是幸福的最大敌人。道理很简单，一个人若是时时事事都沉浸在自卑中，那他如何还能享受幸福？

所以，人不要被自卑打垮，而是要超越自卑。咱们先来找找自卑的反义词是什么。我小时候，很喜欢“找反义词”这类题目，在寻找中，你对原本的那个词有了更深入的了解，就像黑和白站在一起，一定显出黑的更黑、白的更白。只有在黑暗中，你才能看到所有的光。如果黑和灰站在一起，就容易混淆。

自卑的反义词是自信。自卑和自信，都有一个“自”，就是“自己”的意思。那么，自己对待自己，有什么不同呢？自卑的人，自己看不起自己；自信的人，自己相信自己。从这里入手，我们就找到了自卑和自信最显著的分水岭，那就是，一事当前，自信的人说，我能做这件事；自卑的人会说，我办不成这件事。

面对一生，自信的人说，我能成为理想中那样的人，我要掌握自己的命运。

自卑的人会说，我不能成为自己想成为的那样的人，我只能随波逐流，被外力摆布。

“自卑”这个词，平日里大家说得很多，但究竟什么是自卑呢？自卑有哪些表现呢？自卑为什么会成为幸福的大敌呢？

简言之，自卑就是有关自我的消极信念，影响了成长。

记得儿时读过《好兵帅克》这部小说，里面有个人物，特别喜欢求本溯源。比如，他说到窗户，就要说窗户是木头做的，他马上就会接下来解释，木头是树木，那树木又是从哪里来的呢？它们来自森林……现在我们谈到自卑，多少也陷入了这种论证的漫长小径。有点啰嗦，请原谅。

自卑的人，充满了对自己的不良观念和不适宜的评价。自卑的要害是——自我否定。看看“否”这个字，“口”上面是个“不”字，一个人一张口就吐出“不”来。人是需要说“不”的，不知道说“不”的人，一生太辛劳，完全丧失了自我。但是，如果一个人一辈子说“不”太多，尤其是对自己总是说“不”，那就成了大问题。

最详细地论证了自卑这种情绪的是个体心理学的创始人阿德勒，他发现了一个自卑情结。

阿德勒是一位奥地利精神病学家，被称为“现代自我心理学之父”。他于 1870 年出生在维也纳的一个商人家庭，排行老二。家境富裕，家人都很喜欢音乐，按说这是一个丰衣足食的幸福环境，可是，童年的阿德勒一点也不快乐。为什么呢？原因来自他的亲哥哥。两人虽是一母所生，但哥哥高大健壮，活蹦乱跳，人见人爱，阿德勒却自小体弱多病，还是个驼背。他五岁那年，又生了一场大病，更让他身材矮小、面容丑陋。好在阿德勒很聪明，后来他考入大学，毕业后当了医生。由于自身的残疾，1907 年，他发表了有关由身体缺陷引发自卑的论文，从此声名大噪。他不赞成弗洛伊德的性决定论，强调社会文化因素在人格形成和发展中的决定性作用。他的主要观点是：追求卓越是人类动机的核心，而如何追求卓越，则取决于每个人独特的生活风格。追求卓越是一种天生的内驱力，使人力图成为一个没有缺陷的人、一个完善的人。人总是有缺陷的，由于身体或其他原因引发的自卑，能摧毁一个人，使人自甘堕落或得精神病，另一方面，它还能使人发愤图强，力求振作，以弥补自己的缺点。

比如说，古代希腊的代蒙斯赛因斯（德摩斯梯尼），小时候患有口吃，可他迎难而上，刻苦锻炼，最后成了著名的演说家。美国的罗斯福，患有小儿麻痹症，但他最终成为美国总统。尼采身体羸弱，他就研究权力哲学，成了一代大哲学家。

人在强大的自然规律面前，
没有法子不自卑。
但是，
人又不能被自卑打倒，
人就是在同自卑的抗争中
成长壮大起来的。

每个人心中都有一个本子

一次我应邀在电台直播，谈些人生感慨什么的，不时有听众的热线打进，大家就聊天。突然，一个很细弱的女声传来，说，毕老师，我有一个本子，不知该怎么办。你能帮我想个主意吗？

我问，什么本子呢？

她说，就是那种老式的本子，每个人年轻的时候，都有那种本子。我想，你也曾有过的。

我的心像古老的张衡发明的蛤蟆状地动仪一样，接收到一颗铜球，激烈地共振了一下。我知道她所说的那种本子，我确实有过那种本子。我说，啊，是。我知道，我有过。你打算让我给你出个什么主意呢？

她一口气说下去，不再停歇。看来，她为这个问题，思虑很长时间了。

没有人需要这种本子了，这种本子老土。我有时翻翻，也觉得特可笑。却想，可不能把它扔了，烧了，里头藏着我年轻时的梦。多不容易搜集来的呀！我那时用功着呢，别人看电影，我不去，一笔一画地抄呀抄。现在一看，挺幼稚的，可我不忍心把它毁了，心血啊。还抄了不少景物和人物描写，比如，《创业史》里，徐改霞的长相，《林海雪原》里，少剑波如何英俊……还有气象谚语，像“天上鲤鱼瘢，晒谷不用翻”，“天上鱼鳞瘢，不雨也风颠”……我那时就特分辨不清，鲤鱼瘢和鱼鳞瘢有什么不同，天气好坏能差那么多吗？想了多年，也闹不明白。如今，也不用想了。有了天气预报，什么都简单了。本子还有什么用？再没人需要它了……

我听着，不知如何回应，只有陪着叹息。从她透露的摘抄词，再加上听她的声音，我判断她早已不年轻。有些人生的纪念物，对自己是宝，对他人只是废物。

也许，怀旧的人，可以在自己的家里，建一所微型的历史博物馆？我本想这样说，但一想到这个年纪的中国妇女，一般不习惯幽默。不知人家住房是否宽敞，可有这份闲心。要是碰上个下岗女工，反倒触动了伤心处。于是只有以沉默相伴。

她突然很热切地说，想了很长时间，我决定把本子寄给你。那里面有关文学的描写，对你的写作肯定会有帮助的。

我微微地苦笑了。这种描写，对我不会有实际用处。但这是一个直播节目，我们的对话，已通过电波飞进万千耳朵。我不忍伤害一颗朴素而炽热的心，于是很快地回答说，好啊！谢谢你把这么宝贵的纪念物托付给我，我一定会仔细拜读，妥善保护的。

她接着问了我的工作地址，喃喃地重复着，记录着……其他的电话接踵打进来，她的声音就在鼎沸中淹去了。

几天后，我收到了一个厚厚的包裹，打开来，一个红色的塑料笔记本收入眼底。

果然是逝去年代的物件。扉页上，盖着洇了红油的公章，不太好的墨字写着“奖给劳动模范□□□”。这个笔记本不但有着文学的意义，还是主人光荣的记载。

我细细地翻看本子。字体从稚嫩到圆熟，抄录的内容也形形色色。它不是日记，没有个人生活的流水账，但却能从里面看出生命的过程。除了文艺书籍的片段，更多的是那个时代流传的一些名人名言。抄录者好像不喜欢按部就班地准确记载，有一些话并不注明出处，使人分辨不清是她抄下的，还是自己发明的。

在人生的前半，有享乐的能力，而无享乐的机会。在人生的后半，有享乐的机会，而无享乐的能力。

——马克·吐温

恕我孤陋寡闻，从来不知马克·吐温有这样一段言论，不知他在何时何地讲的这个话？我虽然很钦佩他老人家的文学成就，但对这段话不敢苟同。我以为，享乐的能力和机会应该是同步的。你用劳动创造机会，同时享乐。把机会和能力割裂开来，大概是 20 世纪的顺序了。

我想，这段话是本子的主人在年轻时抄录下的吧？那时，她肯定以为自己是不应该享乐的。她以这话激励自己。现在，大约她已到了有享乐机会的年纪了，不知她能否安然享乐？

一个人专心于本身的时候，他充其量也只能成为一个美丽的、小巧的包裹而已。

——罗斯金

又一次惭愧了，不知这位罗斯金是谁。我从这段话里，猜测到主人是相貌普通的女子。在很长的岁月里，她用这话勉励着自己，不愿做一个美丽、小巧的包裹，而期望着是勤奋而努力的战士。

人间最美丽的情景是出现在当我们怀念母亲的时候。

——莫泊桑

这话非常好。主人在这段语录下，画了代表强调意思的曲线。想来，她是一个非常注重亲情的人。她是孝女吧？但也有另一种可能，她从小就失去了母亲。但愿我的后一判断有误。

在最不尊重人类自由的地方，人对英雄的崇拜最为炽烈。

——斯宾塞

人之才能，自非圣贤。有所长，必有所短。有所明，必有所蔽。

——王守仁

当爱情发言的时候，就像诸神的合唱，使整个的天界陶醉于仙乐之中。

——莎士比亚

恋爱中止后不说对方的坏话，也是一种道德。

——国分康孝

“为什么美女总是跟庸庸碌碌的男人结婚？”“因为，聪明的男人避开跟美女结婚。”

——毛姆

啊，她这一阶段，在谈恋爱吧？失恋了？

有朋友的人像草原一样广阔，没有朋友的人像手掌一样狭窄。

与邪佞人交，如雪入墨池，虽融为水，其色愈污。与端方人处，如炭入熏炉，虽化为灰，其香不灭。

——此话无出处

每只鸟都认为自己的声音最美。

——阿拉伯谚语

即使把蛇装进竹管里，它也不会因而变直。

——日本谚语

她是否受到了某种伤害？挺过来了吧？

她脚上穿的是一双绣了小蓝花的青布鞋，毛蓝布裤子，红罩衣，浅花头帕下拢着浓密的黑发，黑发在脑后梳成一根油亮亮的粗辫子，粗辫从脑后绕到前边，滑过肩头，垂在富于曲线的胸脯上。辫梢扎了个红毛线的蝴蝶结，身材颀长，体态丰满，一堆银耳坠垂在秀丽的脸盘儿旁……

——人物外貌描写

……

我错落地翻动着本子，无声地读着这些话语，感到一颗心，拖着长长的彗尾，在人生的天际艰难运行。

我很感动，因为自己也有一个这样的本子。从中学时记起，追随我到高原，直至我饱经沧桑。

有一些我们久久蕴积肺腑，却表达不出的心结，被先哲们一语道破，在征途的驿站旁，等着我们路过。当无意间相逢时，心会陡地一颤，紧接着是温暖和相知的潮水涌起。

每个人内心都存着这样的本子，记载着我们尊崇的规则。无论它是否凝结为显形的字迹，都在暗中规定和指挥着我们的思维。

近年，不大有人记这样的本子了。很多人奉行的宗旨，是一些可做却不可说的秘诀。有一个女孩告诉我，她听从这样一些小技巧：

永远别问理发师你是否需要理发。

（他总是说你需要理发。推而广之，不要向可能成为你的对手的人、利益与你相悖的人，请教任何东西）

美貌是一封无声的推荐信，一旦付出，就要成为定期债券。

（在出租相貌的时候，一定要计算出到期的收益。蚀本的生意万不可做）

烧掉自己最难看的照片。

（千万要在第一眼看到之后，就赶快燃起火柴。假装它从来不曾存在过。这会增强自信心。不信，你试试）

要付的钱晚付，要收的钱早收。

……

女人第一次结婚是为了心爱的男人，第二次是为了找伴侣，第三次是害怕孤独，第四次是习惯成自然。

对于狗来说，每一个主人都是拿破仑。

她说，我这些还是比较上得台面的，有的人，干脆只记一句——人不为己，天诛地灭。

我无言。翻看我们心中的本子，会更精练更浓烈地知道我们是怎样的人。

我把红本子珍藏起来。不想一段时间以后，那女子又给我来了一封信，说自从把本子寄给我以后，寝食无安，好像把最珍贵的东西丢了。

“真的不是我不相信您，只是我以前没意识到，这本子对我是如此重要。您能把它还给我吗？假如您喜欢其中的某些部分，我可以把它复印了，再给您寄去。我不会要您一分钱的。”

我马上把本子挂号寄回并附言。我说，本子我已看完了，对我帮助很大。不必再印了。非常感谢你。我完全能理解你的情感，因为我也有同样的本子。

又过了些日子，我收到了厚厚的邮包。打开来看，那女子把她的笔记本，工工整整地重抄了一份，给我寄来了。

后面多了一句话，没有写明出处，我不知是她自己杜撰的，还是从哪里抄来的。

当你全心全意梦想着什么的时候，整个宇宙都会协同起来，助你实现自己的心愿。

当你全心全意
梦想着什么的时候，
整个宇宙都会协同起来，
助你实现自己的心愿。

节令是一种命令

夏初，买菜。老人对我说，买我的吧。看他的菜摊，好似堆积着银粉色的乒乓球，西红柿摞成金字塔样。拿起一个，柿蒂部羽毛状的绿色，很翠硬地硌着我的手。我说，这么小啊，还青，远没有冬天时我吃的西红柿好呢。

老人显著地不悦了，说，冬天的西红柿算什么西红柿呢？吃它们哪里是吃菜？分明是吃药啊。我很惊奇，说怎么是药呢？它们又大又红，灯笼一般美丽啊。老人说，那是温室里煨出来的，先用炉火烤，再用药熏。让它们变得不合规矩地胖大，用保青剂或是保红剂，让它比画的还好看。人里面有汉奸，西红柿里头也有奸细呢。冬天的西红柿就是这种假货。

我惭愧了，多年以来，被蔬菜中的骗局所蒙蔽。那吃什么菜好呢？我虚心讨教。老人的生意很清淡，乐得教诲我，口中吐钉一般说道——记着，永远吃正当节令的菜。萝卜下来就吃萝卜，白菜下来就吃白菜。节令节令，节气就是令啊！夏至那天，太阳一定最长。冬至那天，亮光一定最短。你能不信吗？不信不行。你是冬眠的狗熊，到了惊蛰，一定会醒来。你是一条长虫，冷了就得冻僵，会变得像拐棍一样打不了弯。人不能贪心，你用了种种的计策，在冬天里，抢先吃了只有夏天才长的菜，夏天到了，怎么办呢？再吃冬天的菜吗？颠了个儿，你费尽心机，不是整个瞎忙活吗？别心急，慢慢等着吧，一年四季的菜，你都能吃到。更不要说，只有野地里，叫风吹绿的菜叶，太阳晒红的果子，才是最有味道的。

我买了老人家的西红柿，慢慢地向家中走。他的西红柿虽是露地长的，质量还有推敲的必要，但他的话浸着一种晚风的霜凉，久久伴着我。阳光斜照在网兜上，那略带柔软的银粉色，被勒割出精致的纹路，好像一幅生长的印谱。

人生也是有节气的啊。

春天就做春天的事情，去播种。秋天就做秋天的事情，去收获。快乐的时候笑，悲伤的时分洒泪。

少年需率真，过于老成，好比施用了植物催熟剂，早早定了形，抢先上市，或许能卖个好价钱，但植株不会高大，叶片不会密匝，从根本上说，该归入早夭的一列。老年太轻狂，好似理智的幼稚症。让人疑心脑内的某一部分让岁月的虫蛀了，连缀不起精彩的长卷，包裹不住漫长的人生。

世俗有句话——“您看起来比实际的岁数年轻”，听的人把它当作一句恭维或是赞美的话，说的人把它当作万灵的廉价礼物。我总猜这句话的背后，缩着一张上帝的笑脸。比实际的年龄年轻，就分明是好的、美的、值得庆贺的吗？小的人希冀长大，老的人祈望年轻。这种希望变更的子午线，究竟坐落在哪一扇生日的年轮？与其费尽心机地寻找秘诀，不如退而结网，锻造出心灵与年龄的同步舞蹈。

老是走向死亡的阶梯，但年轻也是临终一跃长长的助跑。五十步笑百步，不必有过多的惆怅或是优越。年轻年老都是生命的流程，不必厚此薄彼，显出对某道工序的青睐或是鄙弃，那是对造物者的大不敬，是一种浅薄而又愚蠢的势利。人们可以濡养肌体的青春，但不要忘记心灵的疲倦。

死亡是生命的最后过程，有如银粉色的西红柿被摘下以后，在夕阳中渐渐地蔓延成浓烈的红色，此刻只有相信，坚定不移地服从节气的指挥。

春天就做春天的事情，
去播种。
秋天就做秋天的事情，
去收获。
快乐的时候笑，
悲伤的时分洒泪。

沙尘暴里也有鱼籽

很多人衣橱里的婚纱还熠熠生辉，婚姻已被蠹出千疮百孔。到底在哪里出了差错？是否有婚姻的樟脑丸，能让我们保持关系的整洁与清新？情感的寄生虫为什么会生长？

我听过一个来自农村的朋友讲过的一个故事。他说家乡有一片黄土地，在一次暴雨成灾之后，就变成了水塘。第二年，水里长出了鱼。他咬牙跺脚地说，从来没有任何一个人往池塘里撒过鱼苗，那里离海洋和其他的鱼塘也非常遥远，绝不会有什么鱼籽能跋山涉水地找到这里安家落户。真是怪了，这些鱼籽是从哪里来的呢？他啧啧称奇。

我当然没有办法为他提供答案，我对鱼的了解，只限于在超市和自由市场看到它们。不过，我记住了这个疑问，一次看到一位渔业专家，赶忙请教。

他很平静地说，在黄土里，就有鱼的种子。

我说，那些干燥的黄土只能变成沙尘暴。

渔业专家说，这不妨碍鱼的种子藏在里面。沙尘暴里也有鱼籽，等到适宜的时候，变成一条鱼。

我说，这么说，在我们周围到处都有鱼的种子？桌子上？地板上？

专家说，理论上，可以这么讲吧。

所以，让我们婚姻腐败变质的种子，无处不存在。防不胜防，堵不胜堵。所以，你不必奇怪蛀虫从哪里而来，所有的土地中都有鱼的种子，所以也都有蛀虫的种子。

要知道爱如蚕丝般光滑圆润，微凉易断。经常把你的婚纱拿出来晾晒，经常和你的伴侣保持亲密无间的接触。这就像让高原永远干燥一样，鱼就没有办法摆动双鳍。

在黄土里，
就有鱼的种子。

蝴蝶盾

江南，雨雪迷蒙的早春。傍晚，小城，远远的红灯。

我离开寄住的招待所，好奇地向那盏红灯走去。很晚了，从窗口望见它，如一只椭圆形的红蚕豆，在江南嫩绿的空气中孤悬。尤为奇怪的是，灯火下飘着一些斑驳的影子，若彩色的巨蚊，翩翩翻转，又不曾片刻飞离。

近了，看到一个细弱的小伙子，蹲在灯下，用剪刀劈开粉色的绸带，三缠两绕的，一朵小小的莲花，就在指尖亭亭玉立地绽开了，好像他的手是埋在池塘里的一段藕。

再看蚊形巨影，不禁哑然失笑。那是小伙子用各色绸带编织的小物件，翡翠色的螳螂，巧克力色的蚂蚱，橘红色的龟，冰蓝色的玫瑰……一律以丝线穿了，吊在灯下的铁丝上。这些美丽的幌子，随着每一阵微风，幽灵般地起舞。破碎的雨滴，洒在它们的翅膀、脊背和花瓣上，像抹了露水似的，彩亮动人。

我说，卖的吗？

他抬起头，一双被夜熬红的眼。

卖的啊。买一只吧，多好看啊。除了挂着的这些，我还会编好多别样的。天上飞的，地下跑的，只要你叫得出名，我都编得来。

他望着我很快地说，手不停地操作，像盲人按摩师一般娴熟。

我本打算看了端倪就走的，这下反不好意思了，想了想说，编一只凤凰吧。

不知为什么，他却踌躇了。好在只是片刻间的犹豫，马上接了问，什么色呢？

红的吧。我说，想起涅槃，火和再生什么的。

红的不好看，像烧鸡。他很坚决地否定，并不怕因此驱走了顾客。

青色吧。青鸟，很吉祥的。他权威地决定，不待我表态，十指翻飞地操作起来。

先是裁绸带。烧饼大的绸带卷，在小伙子手中无声地流淌着，渐渐缩小如贝。哟嗬，一只凤凰要用这么长的绸带啊！我惊讶着，嘴边却不敢出声，怕惊动了他手心渐渐成形的生命。

十分钟后，一只蟹青色凤凰诞生了。骨架很魁梧，尾羽却不够丰满，嶙峋模样，令人忆起乌鸦。

我付了钱，然后说，小伙子，可惜没我想象得好。

他收拾着残屑很镇定地说，那你再买一只别的吧。凤凰不容易讨好，世上本没有的东西，每个人心底想得都不一样。实实在在的，比较好办。

我说，那好，这回我改要蝴蝶。

他突然愣了，问，你是从外地来的吧？

我说，是啊。

他说，此地人都知道，我是不编蝴蝶的。

我纳闷，说，蝴蝶很难吗？我看比蜻蜓和猫什么的，容易多了。你刚才还天上地下地夸口呢。

已经入夜了，周围很寂静，没有主顾。薄薄的雾丝掠过灯笼的红光，像拭不净的血色玛瑙。那些悬挂着的绸制精灵，突然在某个瞬间一齐停止摆动，好像被符咒镇住了，不动声色地倾听。

他接着问，你是马上就要离开吗？

我说，明天一大早。

他像下了很大决心似的，说，破一次例，卖你一只蝴蝶吧。

他也不再征询我对颜色的意见，思索着，径直施工。绸带卷沙沙滚动着，用料之多之杂，几乎够编一头斑斓猛虎。

他边编边说，家乡多棕榈，人人都会用叶编些好玩的东西。后来到外闯荡，人小力单，总也挣不到钱。突然看到城里人用作捆扎礼品的绸带，和棕榈叶差不多，就琢磨用它编物件。绸带软滑，很多编法都需另创。优点是颜色多，耐保存。现代人如今喜欢手工制品，他走南闯北，生意不错。

常想，全中国编这东西的，就我一个人吧？也许，该到北京申请个专利。小伙子结束谈话的同时，完成的蝴蝶也递到我手里。

这是我生平所见最为精致的编制物，身肢纤巧，探须抖颤，好像刚从卷心菜畦受惊起飞。翅膀色彩鬼魅般绮丽，镶有漆墨般的黑点，如同一排豹睛，若有所思地注视着孤寂清冷的世界。

我失声道，这么艳的蝴蝶，能抵十只凤凰！

小伙子诡谲一笑，说，它的价钱比这要贵得多。

我吓一跳，忙说，啊呀，那我就买不起了。

小伙子忙解释，收您的不会那么多，与凤凰同价。

我定下心，又问，那你为什么不多编些蝴蝶？

他说，多了，就不值钱了。三个月前，我刚到这里，原想住住就走的。此地不大，喜欢小玩意儿的人必也有限，打一枪就转移，流动作业呗。记得也是这时分，来了一个男人，两天前，他买过我的货。这趟劈头问，你能编多少种蝴蝶？我说，没算过，大约……总有……几十种吧。

他说，我用大价钱收你的蝴蝶。条件是，蝴蝶不得重样，不许给别人编，每日一只，一共百天。

我就在这儿住下了。除了摆摊，就是每天早上供应那男人一只蝴蝶。刚开始并不难，照我以前编过的花样，做给他就可交差。一月之后，渐渐有些吃力了。日日都要设计出新图谱，夜里想得脑仁开锅。我用各种颜色的绸带搭配翅膀，镶上奇异的条纹和斑点。在身躯和蝶须上大变花样……有时真恨蝴蝶为什么没有八只翅膀四条须，那么做文章的篇幅可翻多一倍。终于有一天，我对他说，老板，我不想再给你一个人编蝴蝶了，我要走了。男人落下泪来，说他在苦苦追求一个女孩，每天都给她送花。女孩刚开始连看都不看，就把花抛掉。后来他偶尔附了一只从我这里买的蝴蝶，没想到那女孩就收下了花。为了每天得到一只奇异的蝴蝶，女孩一直同他交往，并说如果能集到一百只不重样的蝴蝶，就答应嫁他。男人说完，又把蝴蝶的价码加倍，并许事成之后，给我更多的钱。他说，蝴蝶就是老婆，千万别让她飞了。

我又留下来了。到今天为止，共编了八十九只蝴蝶，还有十一只就满百数之约。每当我煎熬心血编出一只前所未有的蝴蝶时，总在想，那个得到这只蝴蝶的女孩，究竟是谁？长得什么样？她若真是喜欢我的蝴蝶，在有月亮的晚上细细端详，也许能猜破我编进蝴蝶翅膀花纹中的心思。

我想问她，她爱的究竟是人还是蝴蝶？为什么女人总想用某种东西，考验男人？还要把自己一生的幸福，寄托在一个没头脑的死物件上呢？即使那样东西再宝贵，再难寻找，某个男人费尽心机为你找到了它，就是爱情了吗？要知道，你不是同蝴蝶过日子，而是同一个活人，相伴走过一生啊。

也许，我会在编满一百只蝴蝶之前，突然逃离这里。我还有十天的时间，可以来琢磨这事。如果那女孩真的爱他，即使攒不到一百只蝴蝶，也会欢喜地嫁他吧？如果蝴蝶一旦没有了，女孩醒了，重新考虑自己的决定，是不是更好？我给了她一个妥善脱身的借口。

一阵夹杂雪粒的风吹来，悬挂着的彩色精灵，互相碰撞着跳起舞。我把手中纤巧的编制物，很仔细地包好，对他说，放心吧。在我没离开小城之前，不会有人看到蝴蝶。

道了别，缓缓离开。很远了，稀薄的空气还充满着淡淡的红光，从背后的方向绕过我的衣角，涌进无边的雾丝。

为什么女人总想用某种东西，
考验男人？
还要把自己一生的幸福，
寄托在一个没头脑的死物件上呢？
即使那样东西再宝贵，
再难寻找，
某个男人费尽心机为你找到了它，
就是爱情了吗？

身体不是一匹哑马

人们对于自己的身体常常是麻木不仁。只有当生病时，才知觉到它的存在。你见过朝阳的升起，可你觉察过自己身体升起的潮汐吗?

怠慢自己的身体，是现代人的通病。身体真是好脾气，倘有一分气力，就苟延残喘地担当着，实在担当不了，才轰然倒下，并无怨言，人们给这情形起了一个名字，叫作“积劳成疾”。

可是，不能欺负老实人啊！身体是我们最好的朋友，你不能把身体当成一匹哑马，无尽地驱使它做力所不及的苦役。你要学会和自己的马儿喃喃细语。你会听到这匹老马有多少真知灼见，引导你生命的苦旅。

我们要学会轻松省力地使用身体，快捷向前。轻松省力地使用身体的诀窍就是：将身心统一，让身体和思想在同一个水平线上。当我们高兴的时候，身体就微笑。当我们沮丧的时候，身体有权利哀伤。

最要不得的就是，明明你不喜欢这个人，却让身体奴颜婢膝、强颜欢笑。明明你喜欢这个人，却让身体冷若冰霜拒之千里。这不单是做人辛苦，而且让身体早生华发未老先衰。

善待你的躯体吧，它是你在漫漫征途中仅有的依靠。如果连它都背叛了你，你真要好好检讨自己的人生。要记住，身体是我们可以移动的世界。

怠慢自己的身体，
是现代人的通病。

发出清凉的荧光

疼痛并不是惩罚，活着也不是奖赏。同理，死亡也不是失败，这都是人生的必然，你只有安然接受，寻找出黯淡中的色彩，并长久地保持美丽的荧光。

不要害怕疼痛，疼痛说明你还有敏锐的神经。不要给死亡涂抹上猥琐的蓝光，那是我们必然的归所。人生的最后一站，理应壮观华美。

为什么是荧光，而不是其他更光彩夺目气焰万丈的光芒呢，例如，霞光、闪电之光或是北极光呢？

我曾在东北的山林中，在一个凉爽的夏夜，在层层叠叠的树丛中，看到过无数的萤火虫。它们飞舞着，把极小极弱的冷光带到更暗寂的角落。那光没有温度，没有四散的星芒，连亮度都是不稳定的，然而它们不倦地闪烁着，给山峦带来生机。

我对自己的人生没有奢求，能发出一点清凉的光，心已足矣。不借助外力，也不炫目，但竭尽所能地亮着。中国古代有故事说“囊萤映雪”，讲的是把很多萤火虫的光斑聚集起来，能让一个苦孩子看清书上的字迹。

这就是生命朴素的意义了，只要你曾不遗余力地让自己的生命发出过一道光芒，就不必再害怕死亡。

我对自己的人生
没有奢求，
能发出一点清凉的光，
心已足矣。

宁静有一种特殊的力量

宁静有一种特殊的力量，就是不管外界怎样变化无常，都能让你的躯体自在平和。就像一艘在狂风巨浪中保持稳定的船，你难道不惊讶于它锚链的深度和船体的坚固吗？

我喜欢宁静的风景和宁静的人，这使我怡然。我的老师林教授曾经帮我分析过这种爱好的形成。她说，你是不是因为在西藏待得太久了，雪山和冰峰静止不动，久而久之，也就养成了你寂静的性格？

我承认她说得有道理，不过我的幼儿园老师曾说过，我从小就是一个安静的孩子。

真的是这样吗？我不知道，我知道自己的心里常常翻涌着惊涛骇浪，我知道这是我必须经历的，并不害怕。但我不会很激烈地把它表达出来，我觉得有一些事情要出现，就让它出现好了。我不能阻止它，但可以平静地面对它。

我在西藏的高原上，看到过这个世界上最为纯净的水。它们来自亿万年前的冰川。我常常站立在波涛翻卷的狮泉河边发呆，心想，水的力量和生命是多么伟大啊。它们历经沧桑，仍然珠圆玉润，没有一丝疲惫和倦怠。看不到些许的伤痕，更没有皱纹和白发，永远年轻地喧嚣着，如同新生的那一刹那。

我原来是很敬佩山的，但和水相比，山的自我修复能力要差很多，它们只能不由自主地风化下去，不可复原。山只能沿着一条没有回头的路，照直地走下去，大块的岩石崩塌，化为细碎的砂砾，然后继续颓弱，变作齑粉样的泥沙，再衰变为黄土……

人的心还是像水吧，可以受伤，但永远有痊愈的力量。在大自然面前，人什么都无须保留，只需堂堂正正即可。

宁静有一种特殊的力量，
就是
不管外界怎样变化无常，
都能让你的躯体
自在平和。

没有一颗动物的牙齿是雪白的

听过一个有趣的说法：牙齿是肾的花朵。

牙齿是否坚固，反映着一个人的健康状况，这千真万确。不过，关于人的牙齿应该是什么颜色的，还有一个小故事。

当年我做实习医生的时候，最害怕牙科。这经验可能来自小时疗牙的经验。牙钻一响，就像听到了地狱的门铃。我这个人有个毛病，就是看不得别人受苦，好像那苦楚就真切地发生在自己身上。这是当医生的大忌，医生应该是能够绝缘的。病人痛，自己不痛，才能有清醒的头脑和充沛的精力来诊病疗伤。我的感觉太过敏锐，看到病人流血，自己的脉管就一跳一跳地鼓胀，轻轻抽搐和痉挛。

好了，不说我的这点糗事了，还来说牙。

我鼓起勇气来到牙科，看到了一排一排的塑胶牙。我说，这些牙马上要镶到病人嘴里吗？牙科医生看着我说，这些牙只是一些坯子。我们要先让病人咬好牙印，然后看看哪颗牙合适，再做进一步的加工。病人还要反复试戴，完全合适了，一颗假牙才算彻底安装完毕（现在的镶牙技术，有了显著的变化。当年的边疆军队医院，用的是这种简单方法）。

我说，我给您做助手，帮病人镶牙吧。

这是当年那个年轻女实习医生的狡猾。待在镶牙室，比较少听到刺耳的牙钻声。逃开第一线，心安一些，反正牙科也不是主科目。见我懈怠，老师也睁一眼闭一眼，要求并不很严格。你想啊，哪个士兵到了战场上，还顾得上拔牙镶牙这等琐事？齿科，是一个在和平时期大有可为，刀光剑影中就悄无声息的科目。

我把整盘的牙齿摆在自己面前，摇晃着它们，好像老农观赏成熟的玉米粒。那边牙科大夫处理好了病人的口腔，常常会招呼我拿一颗牙过去，比量一下病人的肤色。因为牙齿要和肤色相配，就像发卡要和长发相配。当然了，也要和原来的牙列相配，不然好像运动鞋配西服，新兵混入了老兵的行列，会闹出笑话。

有一次，老医生让我为病人配一颗牙。那是一个文工团的年轻女子，因为磕绊，将一颗门牙损毁了，只有求助假牙。老医生为她挑选了一颗牙齿，放在一边，让她几天后来试戴义齿。

晚上，我到诊室拿东西，看到了那颗假牙。在灯光下，它黄得像玉米面结成的甲壳。我觉得那女子一定不会喜欢这颗黄牙。老军医年岁大了，忘了“明眸皓齿”这个词。年轻的女子，应该有珠贝一样雪亮的牙啊。我决定偷偷帮她一个小忙，就把那粒黄牙放回材料库，另为她选了一颗白亮亮的新牙。

老医生并没有发现任何异常，他精心磨砺着那颗我选出的牙，我不动声色地等待着年轻女子欣喜的那一刻。

终于，预定的时间到了。女子端坐在牙科椅子上，半仰着嘴，老医生把磨好的新牙栽到她嘴中，说，咬合一下，试试感觉。

女子摇晃了一下脑袋，张嘴闭嘴敲打着假牙，像啄木鸟一样叩着下嘴唇，半天才说，非常好，像我自己的牙一样灵活有力。

我听得满心欢喜。老医生却突然皱起眉说，不行，这颗牙你今天不能戴走。

女文工团员很意外，说，为什么？我今天晚上还有舞蹈演出，我终于可以笑了，前一段时间我只能闭着嘴巴跳舞。

老医生冷静地说，这颗牙齿不适合你。

女文工团员说，为什么呢？我感觉很般配啊。

老医生说，它太白了。很对不起，可能是我上次眼花了，没有配合适。耽误你用了，我很抱歉。

女文工团员失望地走了。我呆呆地站在那里，不知道说什么好。老医生从材料库里找出和第一次同型号的牙齿，开始再一次的打磨。他一边磨一边说，我从来没有出过这样的差错。我说，对不起，是我为她换了一颗牙。

老医生说，你是好意，我知道。可是，人的牙齿并不是雪白的。说牙齿像贝壳一样闪亮，那是形容词，你千万不能上当。人的牙齿，应该是七粒糯米和三粒小米磨成粉，混合在一起的颜色。那种亮得晃人眼睛的牙齿，是电影上玩的戏法，你不能相信。

那天老医生没有批评我一句，我却从此牢牢地记住了他的话。

化妆是什么呢？就是让红的更红，比如嘴唇；让白的更白，比如肤色；让黑的更黑，比如头发；对于牙齿，就让它更亮。这本是商业的需要，是表演的需要，因为借助了电视的魔力，走进了千家万户，不知不觉当中影响了我们的选择。

我问过老医生，是不是因为我们吃多了糖，还喝茶水，加上有人抽烟，所以牙齿才不再洁白？老医生说，这些因素都会影响牙齿的色泽。但牙齿天生就不是雪白的，不信，你去看老虎、猎狗、鲨鱼……它们不吃糖，不吸烟，也不喝茶，可它们的牙齿并不像贝壳那样闪光。从此，我看《动物世界》这一类的片子时，会特别注意野兽的牙齿。果然，没有一种动物的牙齿是雪白的。

雪白的牙齿只出现在人类的造假中，是牙膏商和化妆师的合谋。你可以欣赏那些被漂白的牙齿，它们是珍珠的朋友。请千万不要当真。

允许我把当年老医生的话再重复一遍：人的牙齿不应该白惨惨的，好像年画中的东北虎。人的牙齿应该有一点点微黄，像七粒糯米和三粒小米混在一起磨成粉铸造成的。

人的牙齿不应该白惨惨的，
好像年画中的东北虎。
人的牙齿应该有一点点微黄，
像七粒糯米和三粒小米
混在一起磨成粉铸造成的。

学会用荷尔蒙去寻找幸福

现在有一种说法，用国民幸福总值替代 GDP（国内生产总值）。为什么这么说呢？因为近年来虽然中国的国内生产总值，也就是咱们常说的 GDP 获得了高速增长，但是很少听到有中国人说自己的幸福感也获得了同步的增长。这个 GDP，一直是中国现代化发展的核心目标，也是西方发达国家经济主流的中心标准。现在，特别是在全球经济危机的大趋势下，GDP 是否是衡量社会进步、人民幸福的最佳标准，受到了越来越大的质疑。有一股潜流，开始挑战 GDP。

我不知道每一个家庭的收入总值缩写叫作什么，允许我在某种不确切的意义上，借用一下家庭 GDP 这个说法。简言之，就是我们的收入增加了，我们是否就一定幸福呢？如果不用这个指标，我们又用什么来衡量我们的生存质量并不断提高它呢？

在喜马拉雅山的崇山峻岭当中，有一个不丹国。小小的不丹提供给了世界一个新的方向。不丹认为：社会发展的目标，应该是提高国民幸福总值。如果是单纯追求国民生产总值，就会带来一个悖论——物质丰富了，收入提高了，人却没有相应地感到更幸福。伴随着GDP的高增长，带来了环境污染、工作压力、犯罪增多、失业威胁、社会冲突、人际疏离、贫富差距加大等一系列弊病。他们认为，人民的幸福感大于GDP。

可能有些人对这个结论感到困惑，觉得幸福不幸福完全是个人的感受，不同的人对幸福的评判标准是不同的，这如何来量化呢？太难操作了。

那么，我们就来具体讨论一下幸福的问题。

首先我们还是要把幸福的定义搞清楚。

非常抱歉，在《心理学大辞典》上，我根本就没有找到对幸福的定义。不过它有对于“快乐”的定义。它说：“个体体验到的一种愉快、欢乐、满意、幸福的情绪状态。”

我查了很多书，觉得以下这种说法比较恰当。它说——幸福是“一种持续时间较长的对生活的满足和感到生活有巨大乐趣并自然而然地希望持续久远的愉快心情”。

综合以上这两种说法，我觉得幸福首先是一种情绪，也就是我们常说的，幸福是一种感觉。其次，幸福不是如电光石火般的短暂之旅，而是要持续相当长的时间，甚至一生。我们不是常常说“幸福人生”吗？这里真套用得上周星驰的那句名言了，如果一定要给它加上一个期限的话，希望幸福是一万年。

可不可以这样说，快乐就是短暂的幸福，幸福就是长远的快乐呢？

我想，我们每个人都是有过快乐体验的，正像哲人说的，生活中缺少的不是美，而是缺少发现美的眼睛。让我们模仿一下他的话：生活中也不缺少幸福，只是缺少发现幸福的眼睛。幸福盲如同色盲，把绚烂的世界看成了模糊的黑白照片。

从自己的亲身经历出发，我有理由相信，幸福感不是某种外在的标签或是技术手段可以达到的状态，而是一种精神世界的内在把握和感知。

那么，幸福感到底有没有物质基础呢？它虚无缥缈来去如风吗？也许因为我是医生出身，我坚定地相信，一个能够如此强烈地影响我们的精神状况，并且持续一生存在的状态，一定是可以看得见摸得着的，它一定有坚实的物质基础。

幸福感究竟是什么东西呢？日本医学博士春山茂雄在《脑内革命》这本书中写道，人的心灵由大脑里的脑干、大脑边缘系统和大脑皮质组成。其中有一种神经，当受到外界刺激的时候，会使人产生快感。饮食、性生活给予我们充分快感，体育运动、读书学习也能给予我们难以言状的快感。为他人奉献和为社会工作，也能带来精神的喜悦。这些快感都来自神经分泌的内啡肽。

原来，让我们能够持续地感知幸福的东西，就是我们自产自销的内啡肽。

现在，又出现了新的问题，内啡肽究竟是什么东西呢？

内啡肽（endorphin），亦称安多酚或脑内啡，是一种内成性（脑下垂体分泌）的类吗啡生物化学合成物激素。它是由脊椎动物的脑下垂体和丘脑下部所分泌的氨基化合物（肽）。它能与吗啡受体结合，产生跟吗啡、鸦片剂一样的止痛效果和欣快感，等同于天然的镇痛剂。利用药物可增加脑内啡的分泌效果。英文 endorphin 是 endomorphin 的简化写法，endo 有内在之含意，而 morphin 则为吗啡的英文名称，故 endorphin 为大脑自我制造的类吗啡物质之意。

以上我摘录的这一部分，来自百度百科等资料。

你看明白了吗？我觉得编纂这个名词解释的人，犯了一个本末倒置的错误，让没有医学知识的人越看越糊涂。

不是内啡肽起到了吗啡的作用，而是吗啡模拟了内啡肽的作用。当然了，由于古时候科学技术不发达，人们不知道在自己体内就能分泌一种对抗疼痛、缓解焦虑、让人快乐和兴奋的物质，它让人安宁和心满意足，它甚至能让人稀释对于死亡的恐惧。这种东西是一类激素，它比人类的历史还要古老。因为在 1975 年，有两组科学家各自独立地研究它时，都是首先在动物身上发现它的。

一组是苏格兰的约翰·休斯和汉斯·科斯特利兹。他们是从猪脑袋中发现有 α、β 及 γ 三种脑内啡肽。当时他们称它为 enkephalins，是由“大脑”的希腊文变化而来。

同一时间，另一组美国研究人员在牛脑中发现脑内啡。埃里·西门称它为脑内啡，是内生吗啡的缩写。已经发现的内啡肽有多种，除具有镇痛功能外，还具有许多其他生理功能，如调节体温、心血管、呼吸功能等。内啡肽是体内自己产生的一类内源性的具有类似吗啡作用的肽类物质。向动物脑室中注射内啡肽，可引起全身深度失去病觉，体温下降，行为变得木僵。这些肽能参与感情应答的调节作用，是机体抗痛系统的组成部分。

当机体有伤痛刺激时，内啡肽被释放出来以对抗疼痛。在内啡肽的激发下，人的身心处于轻松愉悦的状态中，免疫系统实力得以强化，并能顺利入梦，消除失眠症。内啡肽也被称为“快感荷尔蒙”或者“年轻荷尔蒙”，意味着这种荷尔蒙可以帮助人保持年轻快乐的状态。

内啡肽这一强大的内分泌系统，就是我们得以感知幸福的物质基础。

生活中也不缺少幸福，
只是缺少发现幸福的眼睛。
幸福盲如同色盲，
把绚烂的世界
看成了模糊的黑白照片。

警惕吗啡带来的“伪幸福”

人们发现了大自然里有一种美丽的花，叫作罂粟。这罂粟不单美丽妖娆，而且还有一个神奇的妙用：罂粟的提取物——鸦片，居然和我们的身体在快乐时所产生的物质极为相似。

吗啡是鸦片中最主要的生物碱（含量约 10% ~ 15%），1806 年法国化学家卜泽尔蒂纳首次将其从鸦片中分离出来。他用分离得到的白色粉末在狗和自己身上进行实验，结果狗吃下去后很快昏昏睡去，用强刺激法也无法使其兴奋苏醒；他本人吞下这些粉末后也长眠不醒。据此他用希腊神话中的睡眠之神吗啡斯（Morpheus）的名字，将这些物质命名为“吗啡”。

也就是说，吗啡模拟了幸福时的人类分泌系统，吗啡是山寨版的幸福物质，吗啡让人不费吹灰之力，就获取了原本需要长期艰苦努力才能取得的欢愉，吗啡让人类的幸福速成而又廉价。

但是，且慢！吗啡在带给人短暂的“伪幸福”之后，人的身体就进入了成瘾的状态。它再也不是原来那个朴素而有节制地享受幸福的身体了，它变得贪婪而失控。它对毒品的渴求越来越烈，毒品已经成了一种罪恶的“营养素”，整个神经系统对它形成了不可遏制的依赖。它们就像干涸的土地，需要毒品定时来灌溉，只要供应不上，机体就变成了一架疯狂的机器，引起一系列极为痛苦的症状。为了防止这些症状出现，吸毒者只有不断寻找毒品，饮鸩止渴。随着时间的推移，吸毒者对于毒品的需求越来越大，两次“灌溉”之间的距离越来越短。这时候，吸毒者就完全沦为了毒品魔爪中的“人质”，他们每天唯一的念头，就是不惜一切手段去攫取毒品。他们在败光了自己的财产之后，开始贩卖毒品、杀人越货、无恶不作。

这是一条悲惨的通往地狱的狭路，但在它的入口处，却分明书写着“幸福”二字。你仔细端详，才能发现那是盗版。

这就是吸毒者大致的轨迹。

当我所写的戒毒题材小说《红处方》将在文学期刊上发表的时候，受到了严格的审查，其中最主要的是删除了描写吸毒者最初阶段感觉欢愉和幸福的部分。

我说，为什么呢？

删节者说，这样会鼓励吸毒。他们会觉得吸毒是一件美妙的事情。

我说，可这是事实。正是因为最初阶段的假象，才会诱使不明真相的人深陷其中。

删节者说，不管怎么说，不能把吸毒写得有快感。年轻人好奇，他们会追求这种快感，事情就复杂了。

我说，如果一件事，一开始就给人很痛苦的感觉，人们本能地就会排斥它，也就没有那么危险了。最可怕的情形就是刚刚涉入其中的时候，看到的是鸟语花香，而其实危险就潜伏在这种看起来舒适欢愉的表象之下。

删节者说，不管怎样，书中只能描写吸毒的痛苦，痛不欲生，这才能起到正面的教育意义。

我最终没能说服他们。据说，一般的稿子只要三审就行了，我的稿子审了七次。

说这段陈年往事，我只是想再次重复，人们在寻求幸福的道路上，要提防魔鬼的化身。真正的幸福，绝不是靠一种化学药品就能达到的，你要付出艰苦卓绝的努力。

内啡肽是神奇的，我们要做自己内啡肽的主人。

如果一件事，
一开始就给人很痛苦的感觉，
人们本能地就会排斥它，
也就没有那么危险了。
最可怕的情形就是
刚刚涉入其中的时候，
看到的是鸟语花香，
而其实危险就潜伏在这种
看起来舒适欢愉的表象之下。

幸福有盲点，失去过的人才知其珍贵

无论是古代人、近代人还是现代人，对于幸福的追求从未停止过片刻。

生活本身的目的就是获得幸福，追求幸福让众生殊途同归。那么，到底什么是幸福？

古往今来，关于幸福的定义，可以说众说纷纭五花八门。当我们讨论一个问题时，有的时候，可以从“它不是什么”来推断。

首先，幸福不是金钱。

金钱肯定是万分重要的。当然，贫贱夫妻百事哀。在物资极度匮乏的情况下，金钱和幸福有密切的相关性。但是，随着温饱的满足，人们对幸福的追求，就脱离了金钱增加的轨道。也就是说，金钱成倍地增加了，相应的幸福感，并没有成倍增加。国外的研究发现，百万富翁和街头的乞丐，感知幸福的比例差不多。

到我的心理诊所来咨询的访客中，有些人的婚姻关系亮起了红灯，他们说，我们无比怀念以前没钱的日子，那时候，我俩每天都有说不完的话，两个人一起打拼，乐在其中。现在呢，房子有了，钱有了，可是话没了。两个人的心越离越远了。这是怎么回事啊？是哪里出了问题啊？

看来，不幸福有时和金钱有关，但有了钱，幸福并不能自然而然地降临。

其次，幸福不是高科技。

谈及科技与幸福的时候，所有人的第一反应几乎都以为它们是相关的。有了更多的新科技，人们就会收获更多的幸福。

这个论点初看之下很有道理。因为有了空调，人们不再受酷热严寒之苦，安逸舒适，自然多了幸福。2009 年 7 月，北京酷热，有一天我看到报纸上登了一封读者来信，一位产妇说，我刚生了宝宝，我们这一带停电了，宝宝在没有空调的房间里，受了大罪了，这可怎么办呢？太痛苦了！

看了这封忧心忡忡的读者来信，我就想起我孩子也是生在7月，那一年，北京也是酷暑。当然没有空调，不过，也安然度过了，好像并没有产生婴儿在没有空调的房间里就不能生活的顾虑。从这个角度来说，高科技不但没有增加人们的幸福感，反倒让人变得更敏感、更弱不禁风了。

有了火车，人们夕发朝至，免了鞍马劳顿之苦，快捷安全，自然多了幸福。有了电子邮件，人们手指轻点鼠标，无数思念和信息顿时抵达，自然多了幸福。较之茹毛饮血、刀耕火种的人类，如今的我们似乎幸福到了天上。事实果真如此吗？

不然。今天的人们并没有比以前感受到更多的幸福。

既然幸福不是金钱，不是高科技，那么，幸福是不是长寿呢？

在中国古代，“福寿禄”三足鼎立，可见这三样不是一种东西。福是福，福与祸相对，无祸便是福。

寿呢，指的是活得长久。禄，指的是古时官吏的俸禄。

现代人认为：生命不在长度，不在数量，而在质量，要重视它的宽度和深度。

现在，我们还要探讨一下——“福”是不是多子多福？

这一点，估计现代人马上会给出否定的答案。孩子并不直接等同于幸福。如果是那样的话，比人具有更强繁殖力的动物就更幸福了。比如，鱼和虾甩籽一次可以达到几十万，你能说它们比人类更幸福吗？其实，越是低等动物，它们面临的生存环境越是险恶。为了保证在极端恶劣的环境中种族不灭绝，它们就进化出了大量生殖的本能，这和幸福的确没有多大关系。就算是在人类社会，多胎的家庭也不一定更幸福。

我们绕了半天圈子，现在还是回到主题上来，一探究竟。幸福到底是什么呢？

讲一个故事。

有一个女人，曾经在这个问题上走入歧途，陷入恐慌，不得不重新思考自己的人生定位。

若干年前，她看到了一则报道，说是西方某都市的报纸，面向社会征集“谁是世界上最幸福的人”这个题目的答案。来稿踊跃，各界人士纷纷应答。报社组织了权威的评审团，在纷纭的答案中进行遴选和投票，最后得出了三个答案。因为众口难调，意见无法统一，还保留了一个备选答案。

按照投票者的多寡和权威们的表决，发布了“谁是世界上最幸福的人”的名单。记得大致顺序是这样的：

第一种最幸福的人，给孩子刚刚洗完澡，怀抱婴儿面带微笑的母亲。

第二种最幸福的人，给病人做完了一例成功手术，目送病人出院的医生。

第三种最幸福的人，在海滩上筑起了一座沙堡，望着自己劳动成果的顽童。

备选的答案是，写完了小说最后一个字，画上了句号的作家。

消息入眼，这个女人的第一个反应仿佛被人在眼皮上抹了辣椒油，呛而且痛，心中惶惶不安。当她静下心来，梳理思绪，才明白自己当时的反应，是一种深入骨髓的悲哀。原来她是一个幸福盲。

为什么呢？说来惭愧，答案中的四种情况，从某种意义上说，那时的她，居然都在一定程度上初步拥有了。

她是一个母亲，给婴儿洗澡的事几乎是早年间每日的必修。那时候家中只有一间房子，根本就没有今天的淋浴设备，给孩子洗澡就是准备一个大铝盆，倒上水，然后把孩子泡进去。那个铝盆，她用了六块钱，买了个处理品，处理的原因是内壁不怎么光滑，麻麻癞癞的。她试了试，好在只是看着不美观，并不会擦伤人，就买回来了。那时要用蜂窝煤炉子烧水，水热了倒进铝盆，然后再加冷水。用手背试试，水温合适了，就把孩子泡进盆里。现在她每逢听到给婴儿用的洗浴液是“无泪配方”，就很感叹。那时候，条件差，只能用普通的肥皂给孩子洗澡。因为忙着工作，家务又多，洗澡的时候总是慌慌忙忙的，经常不小心把肥皂水浸到孩子的眼睛里，闹得孩子直哭。洗完澡，把孩子抱起来，抹一抹汗水，艰难地扶一扶腰，已是筋疲力尽，披头散发的了。

她曾是一名主治医生，手起刀落，给很多病人做过手术，目送着治愈了的病人走出医院大门的情形，也经历过无数次了。回忆一下，那时候想的是什么呢？很惭愧啊，因为忙，往往是病人还在满怀深情地回望着医生呢，她已经匆匆回过头去，赶回诊室。候诊的病人实在多，赶紧给别的病人看病是要紧事。再有，医生送病人，也不适合讲“再见”这样的话，谁愿意和医生“再见”呢？当然是希望永远不见医生最好。她知趣地躲开，哪里有什么幸福之感？记得的只是完成任务之后长长呼出一口气，觉得已尽到了职责。

对比第三种幸福人的情形，可能多少有一点点差距。儿时调皮，虽然没在海滩上筑过繁复的沙堡（这大概和那个国家四面环水有关），但在附近建筑工地的沙堆上挖个洞穴藏个“宝贝”之类的工程，倒是常常一试身手。那时候心中也顾不上高兴，总是担心别叫路过的人一脚踩塌了她的宏伟建筑。

另外，在看到上述消息的时候，她已发表过几篇作品，因此那个在备选答案中占据一席之地的“作家完成最后一字”之感，也有幸体验过了。这个程序因为过去的时间并不太久，所以那一刻的心境记得还很清楚。也不是什么幸福感，而是愁肠百结——把稿子投到哪里去呢？听说文学的小道上挤满了人，恨不能成了“自古华山一条道”，一不留神就会被挤下山崖。那时候，虽然还没有“潜规则”这样的说法，但投稿子要认识人，已成了公开的秘密。她思前想后，自己在文学界举目无亲，一片荒凉，一个人也不认识，贸然投稿，等待自己的99%是退稿。不过，因为文学是自己喜爱的事业，她不能在自己喜爱的东西里藏污纳垢。她下定决心不走后门，坚守一份古老的清洁。她知道自己这个决定意味着要吃闭门羹，心中充满了失败的凄凉，真是谈不到幸福。

看到这里，朋友们可能发觉这个糊涂的女人不是别人，就是毕淑敏啊！的确，当时的我，已经集这几种公众认为幸福的状态于一身，可我不曾感到幸福，这真是让人觉得晦气而又痛彻心扉的事情。我思考了一下，发觉是自己出了毛病。还不是小毛病，而是大毛病。如果这个问题不解决，我后半生所有的努力和奋斗，就都是镜中花水中月。没有了幸福的基础，所有的结果都是沙上建塔。从最乐观的角度来说，即使我的所作所为对别人有些许帮助，我本人依然是不开心的。我不得不哀伤地承认，照这样生活下去，我就是一个不折不扣的幸福盲。

我要改变这种情况，我要对自己的幸福负责。从那时起，我开始审视自己对于幸福的把握和感知，我训练自己对于幸福的敏感和享受，我像一个自幼被封闭在黑暗中的人，学习如何走出洞穴，在七彩光线下试着辨析青草和艳花、朗月和白云。我真的体会到了那些被病魔囚禁的盲人，手术后一旦打开了遮眼纱布时的诧异和惊喜，不由自主地东张西望，流下喜极而泣的泪水的感受。

生活本身的目的
就是获得幸福，
追求幸福
让众生殊途同归。
那么，
到底什么是幸福？

翅膀上驮着天堂亲人的期望

昨日从四川回来，在飞机上与同行的心理医生杨霞说：“到了北京后，第一愿望是拿出一天时间，一句话也不说。只因这两天说的话太多，舌头已像撬杠一样僵直。”

和家里人可以不说话，但博客的文字还是要写。人们关注着灾区，会急切地询问每一个到过那里的人——灾区怎么样了？衣食住行可有保障？孩子们可有欢颜？山川可太平？大地可安稳？

大地并不安稳，时有余震发生。看报道，自5月12日四川大地震发生后，当地可以监测到的余震，已有9000多次。我们一向以为是最坚固最牢不可破的土地，却发生了可怕的崩裂与崩塌，这对于人们赖以生存的安全感的摧毁，已到了无以复加的地步。

从北京机场出发，我们一共有 35 件行李，主要是书籍和奥运福娃的挂件，都是送给北川中学孩子们的礼物。书是协和医科大学杨霞副研究员所撰写的《重建心灵家园》，副标题叫作“震后心理自助手册”，从书的名字你就可以知晓内容，对当前的灾后心理康复是多么及时并富有建设性。八万多字的书稿，杨霞医生用了三天时间，夜以继日地工作，并完全是义写，不取分文稿费，令人感动。石油工业出版社的编辑们在第一时间编辑出版，立下了汗马功劳。奥运福娃挂件，是北京石油附中的师生们精心挑选的。最让人安心的是——所有的书籍和福娃，都是按照 2000 人份准备的，北川中学现有 1700 多名学生，按人头分，每位老师和每个同学都有一份。我从小就特别害怕数量有限的礼物，发放时刻，有的人有，有的人没有。虽然我因为学习好，每次都会得到礼物，但我忘不了没有收到礼物的孩子的忧郁。我觉得太少的礼物，还不如没有呢。不然，令分配的人惆怅，对得不到礼物的孩子们来说，很容易引起自卑感。现在能充分供应满足大家最好，皆大欢喜。

2000 本书，2000 个福娃挂件，你可以想见它们的体积和重量。在办理登机牌的柜台前，女服务员说超重了几百公斤，如果按照规定罚款，大约需要 7000 元。我们赶紧解释，说这是送给灾区小朋友的心意，希望能够放行。红十字会办事人员说这可需要向机场领导请示，要不然，7000 元钱呢，比他一个月的工资还多。请示的结果是免费放行，大家松了一口气。拿着长长一溜行李牌，觉得很气派。

驶往绵阳方向的车并不是很多，所有的车上，几乎都悬挂着“× × 省支援”的字样。你真的可以体会到一方有难八方支援的深情，感受到国家大了的好处。

在夜晚进入绵阳时，周围是黑暗寂静的。车窗玻璃突然被水雾弥漫。原以为下雨了，细看才知道是戴着口罩的工作人员站在远处，用喷枪向车身喷洒药水。每一辆车都要在此沐浴一番，然后无毒一身轻地驶入这座聚焦着无数人目光的城市。

路旁的居民楼几乎没有灯光。我问司机，人呢？当地同志告知，绵阳为了预防唐家山堰塞湖的水患，已经按照第一方案撤离了二十万人。还有一些人到外地投亲靠友去了，留下的人，也不敢在楼房内居住，连续多少天了，都夜宿帐篷。楼内没有人，也没有光亮。

微明的路灯映照着壮观的帐篷阵。援建的蓝色帐篷、迷彩图案的草绿色军用帐篷，属于帐篷中的贵族，它们有款有型有窗户，算帐篷群里的豪华别墅。其余的帐篷五花八门，有用条纹布搭建的，有用床单简单遮挡的，有的干脆就是一块搭在绳子上的布头……相当于帐篷中的游击队，各自为战。我第二天大清早在街上走，拍下了一张照片，是墙头外的两块石头。你能猜出这是干什么用的吗？这是坠帐篷用的。在大墙那边，有一顶小小的帐篷需要它固定。

从北京出发的时候，我已经考虑到了灾区的艰苦，做好了住帐篷的准备，带了方便面和矿泉水，心想不要给灾区人民添麻烦。不想到了安排住处的时候，才知道要住楼房。我们一个劲儿地说，我们可以住帐篷，完全不怕艰苦。后来才知道，帐篷在灾区是紧俏物资，相比楼房要安全一些。当然了，同志们是一片好意，房间比露宿野外要舒适一些。

分配我住六楼，一出楼梯，天花板断裂的豁口，暴露出犬牙交错的管道。旁边房屋的门框已经变形，裸露的水泥框架在暗淡的灯光下，有几分冰冷。接待同志忙着解释，说房屋震后评测，只是接缝处局部扭曲，不算危房之列。

大家互相交流防震经验，说要在洗手间、承重墙等小开间的地方，放置饮水和巧克力，万一遭遇垮塌，还可以坚持几天。临睡前，我把方便面放在了卫生间，心想“方便”二字，用在此处，实在一箭双雕相得益彰。

不知道是不是精神紧张，还是我的平衡器官特别敏感，总觉得楼体时不时有轻微的抖动。躺了一会儿，未曾睡着，有点焦虑。因为明天要给北川中学的同学们讲课，若是一夜失眠，无精打采地站在讲台上，岂不辜负了信任？

我有择床的坏毛病，换了新地方，刚开始几天，常辗转反侧。平日萎靡也就罢了，但明天事关重大，必得精神抖擞。我拿出安眠药，一边倒水一边开玩笑地想，吃还是不吃，这是一个问题啊。不吃，明天满面苍灰神色委顿，令同学们不爽。吃了，若是睡得太沉了，对余震毫无察觉，一觉醒来，也许已在瓦砾中探头探脑。

思谋的结果是一仰脖，吞下安眠药。

一夜安睡。早上起来，阳光灿烂。6 点多钟，到绵阳的街头转悠。

很多大卡车，满载物资，停靠在路边。拍下一张照片，证明全国人民心系灾区。

看到街道十分清洁，我有些诧异。本以为这里人心惶惶，未必有人顾得上洒扫街道这等平安日子里才注重的事。沿着没有任何纸屑和烟蒂的洁净路面走过去，看到了几位晨起打扫街道的女工。

我说："也许唐家山溃坝，绵阳到处都被淹了。你们为什么还要打扫呢？"

她们都是非常淳厚的人，互相看了看说："从地震以后，我们每天都在扫，一天也没有停过。要是淹了，就没法子打扫了。水退了，还要打扫。"

话朴实到这种地步，简直没有办法再问了。不管发生了怎样天崩地裂的事情，只要活着，就踏踏实实地完成自己的本分，这就是中国人的传承。我问："可以和你们照一张相吗？"

她们有些羞涩，说："当然能照啦。"于是急忙排在一起，我们等到了一个路人，请他为我们拍照，一位女工突然惊呼起来，说："我还拿着扫把呢，不好看啊。"想放下。我说："拿着吧，好看得很啊。"

我看到一处帐篷门口，蹲着一位大汉正在揉眼睛，想必昨夜不曾睡好。一问，得知是山东临沂来支援的志愿者，专门为灾区搭建活动房。我问："住在帐篷里，有没有蚊子？"

他说："多着呢。最怕的不是蚊子，是下雨。"

我说："是不是帐篷漏啊？"

他说："主要是我们搭建的活动房进度慢了。"

惭愧。我说的是自家的宿舍，人家说的是灾民的住处。

临分手时，我说："我能给你照张相吗？"

他想了想，很坚决地摇头："不能。"

我祖籍山东，觉得家乡大汉性格直爽，敢做敢当的，不知天下还有"害怕"二字，未曾想遭他拒绝。可能是看我不解，他说："主要是我跟家里人都说这里挺好的，住的吃的都不用他们发愁，要是知道我这里的实际情况，家里要担心的。"

心细如丝。

北川中学负责接待我们的是蹇书记，羌族。他唯一的女儿在这次地震中遇难，他说，女儿身高一米七，遇难的那一天，还得了一个全国奥林匹克英语的三等奖。蹇书记坚持在抗震救灾的第一线，胸前别着"共产党员"的徽章，照料着全校孩子们的生活学习。旁边走过一个女生，蹇书记说，她就是我女儿班上的。我看到了蹇书记眼中的泪光。是啊，同是一样的孩子，这一个还在阳光下微笑，那一个已经是天人永隔。这样的残酷，怎不叫人肝肠寸断！另有一位老师，孩子和妻子都在地震中遇难。他说："两个人，哪怕是留下一个也好啊，让我也好有个伴儿，有个盼头。现在，什么都没有了……”

在这样撕心裂肺的苦难面前，所有的言语都异常苍白。

我不知道说些什么。在为孩子们分发福娃的时候，我留下了一个绿色的妮妮。在所有的福娃中，我特别喜欢这一个，觉得她是个喜眉乐眼的女孩，翠绿得如同雨后清秀挺拔的嫩竹。我找到蹇书记，悄声对他说：“这个福娃，请送给你的女儿吧。”我想，在蹇书记的家中（如果把合住的帐篷也称作家），一定有一处洁净的地方，静息着一个如花女孩难舍难分的精灵。她的同学们今天都得到了一个福娃，她也应该有一个啊。

记得北川中学的一位被截肢的女孩说过：“请你们不要称我的那些死去的同学是——没有来得及开放的花蕾，就已经凋落了。不，他们不是凋落，他们已经盛放过了。”

我被这句话深深打动，它充满了一种只有经历过死亡的人，才会有的练达和超拔，尽管那个女孩只有 12 岁。是的，生命的价值从来不是以长短来衡量的。那些远去的少年，将他们辉煌的笑靥留给我们，在岁月的尘埃中灿烂千秋。

上午 10 点。

轮到我演讲了，正确地说，是上一堂特殊的语文课。

很紧张，因为从来没正儿八经地当过语文老师，因为面对的是经历过地动山摇的孩子们，因为孩子们的聪慧和早熟，也因为文章内容在此情此景此地讲解，有点文不对题。

那篇散文叫作《提醒幸福》，选入了全国初中二年级的语文课本。北川中学邀我这个作者讲讲自己的文章，说孩子们看到课文中的作者突然现身，饶有兴趣。

教室里大约有 60 个座位，坐满了初中二年级一班的学生（因各班都有伤亡，就把几个班合并了。现在是新的班级，满员上课）。还有一些高年级的孩子，曾学过这一课，也赶来听讲。加上站在教室后面的孩子，共约 100 名学生。老师对我说，本来有更多的孩子要来听课，但临时校址没有大礼堂，况且现在非常时期，为了出现大的余震时能够快速疏散，不能组织大规模的聚会。如果是在操场上，倒是没有生命危险，但天气炎热，怕孩子们中暑……

我怕自己讲得不对，误导了孩子们，私下里觉得来的学生越少越好，免得我讲错了，前脚走了，后脚害得正规的语文老师来纠偏，给人家添麻烦。

我悄声问蹇书记，讲课之前，要不要默哀。蹇书记说："孩子们经常默哀，每一回都会哭泣。这一次，就不必了吧。"

我站在黑板前面，开始了讲解。

在这片浸透了鲜血和眼泪的满目疮痍的土地上，宣讲幸福。面对着死去了父母、死去了同学、死去了老师的孩子们，宣讲幸福。从讲台上望下去，孩子们乌溜溜的眼珠，好像秋夜里的星辰，单纯明朗，却掩不住冷霜的寒凉。

我觉得自己根本没有资格和他们谈论幸福。

可是我必须讲下去。

那就从头说起吧。我讲：“我为什么萌生出写这样一篇文章的动机呢？是因为大约二十年前，我看到过一篇报道，说的是国外的一家报纸，面向民众征集‘谁是最幸福的人’的答案。回信纷至沓来，报社组织了一个各方人士会成的班子，来评选谁是最幸福的人……”

讲到这里，我稍稍提高了声音，问道：“大家说说，那谁是最幸福的人呢？”

我的本意是说，当年的报纸会征得怎样的答案？由于我不是训练有素的语文老师，这个问题，口气太开放了一些，也没有强调时间地域的前提。孩子们以为我的问号是：现在谁是世界上最幸福的人？

他们几乎异口同声地回答：“我们！”

那一刻，我真真是怀疑自己的耳朵。后来，我把这一幕讲给别人听，听到答案的成人们也会充满疑惑地说：“地震惨祸之后的孩子们居然说自己是最幸福的人？别是事先老师教好这样说的吧？”

我要非常郑重地宣布，那些孩子绝对是非常真诚地这样认为的，没有任何人事先授意他们。这不但是不可能的，而且是完全没有必要的。再说啦，我毕竟做过很长一段时间的临床心理医生，一个人说的是否是真心话，我还是有一点辨识力的。

大劫余生的孩子们，如此质朴地诠释了幸福。他们说，我们还活着，这就是幸福。我们还能上课，比起我们死去的同学们，这就是幸福。全国人民这样帮助我们渡过难关，这就是幸福。我们的翅膀上驮着天堂亲人们的希望，我们要高高飞翔，这就是幸福……

他们一个个地站起来发言，略带川音的普通话，稚嫩而温暖。我能做的唯一的事儿，就是控制住自己的泪水。

惊骇莫名！感动至深！钦佩不已！激动万分！

我的手提电话响了。真是非常抱歉的事情，我忘了关手机。我对同学们说："对不起，我马上关机。"就在我预备关机的瞬间，我听到电话提示音，说是有国外的电话。儿子在阿拉伯海上的游轮中，这正是他的号码。于是，我对同学们说："我儿子打来的电话，我很想接一下。"我看看表，已经上了 40 分钟的课了，同学们也需要上厕所，就此宣布：现在休息，10 分钟以后继续上课。

儿子芦淼告知我，和平之船的引擎坏了一个，船速大为下降，原定赶到阿曼萨拉拉港的时间，推迟一天。船方正在紧急调运引擎，希望能够在下一个港口修复。此刻，阿拉伯海上洋流复杂，波浪滔天，船上到处都悬挂着呕吐袋，供人们随时使用，船员在紧张地检查救生艇。芦淼问："你好吗？"

我说："很好。你要多多注意安全啊。"

其实，我知道这话等于没说。有些时候，人能做的只有镇定。作为中国第一批"环球游"的旅客，征途上也是波光诡谲。

10分钟后，开始上第二节课。

将课文讲完之后，还有一点时间。我为刚才的接电话，向同学们致了歉。我又说："我原本是在环球游的，知道四川地震了，就从那条船上下来，把'和平之船'为你们捐的善款送回了北京。我说，在浩瀚的太平洋上，各国游客曾经为地震死难的中国人民默哀，我亲见他们的泪水潸然而下……"我说："我今天告诉你们这些，并不是说他们捐赠了多少钱要你们记住，钱并不是最重要的。重要的是，你们并不孤立。除了有祖国大家庭的人们在关怀着你们，全世界爱好和平的仁慈的人们，也在关怀着你们。全世界都期望你们茁壮成长……"

说到这里，我突然想到一个问题，很想听听孩子们的意见。

我对北川中学的100名学生说："我现在有一个问题，想征求你们的看法。你们的意见，将极大地影响我的决定。这个问题就是——我是返回到游轮上继续我的环球游，还是留下来和你们在一起？"

我以为孩子们要考虑很久，没想到他们马上异口同声地回答道：“您去环球游！”

我说：“难道没有不同意见吗？”

一个男孩子站起来说：“我希望您留下来。”

我说，两方面都请谈谈自己的看法。

一方说，我们一定能战胜地震灾难，我们一定会取得胜利！您到船上去吧，你代表我们，带上我们的眼睛去看看世界吧。然后把世界远方发生的事情告诉我们。等我们长大了，也到全世界去看看！

主张我不去的男生说，毕老师，你看到了北川中学，看到这里已经复课，很多人在关怀着我们。但是，我的家在深山里，那里的震情也很严重，那里的孩子们还没法上学，他们需要帮助。尽你的力量帮助他们吧。

我频频点头。最后我说：“可否举手表决一下，我想知道两种看法各占多少比例？”

孩子们踊跃表态。大约 97% 的同学主张我去上船，3% 的同学建议我留下来。一直在台下坐着目不转睛听我讲课的语文老师，也高高举起手臂，加入到赞同我上船的那一方（我对这位老师的认真听课，深表感谢。要知道，人家是正规部队，我是杂牌军啊）。

下课了。我拿起板擦，预备擦掉我写下的“提醒幸福”几个字(顺便说一句，北川中学使用的粉笔质量不佳，易断，色泽不白。如果谁到北川中学去，记得带上一些质量较好的粉笔，这样后排的同学们看起黑板的时候，比较省些眼力)。直到这时，我才注意到在黑板的左侧，有一个用粉笔框起来的长方形框子。老师对我说，这块黑板，就是温总理为我们北川中学写下“多难兴邦”四个字的地方。

谢谢北川中学所给予我的深厚信任！谢谢初中二年级一班的同学们给我的难忘教诲！谢谢苦难让我更深地眷恋祖国和人民！

北川中学的临时校舍设在长虹集团的培训中心，大约20名学生住一间帐篷，孩子们的精神面貌不错，除了看书，就是玩游戏。我拍了一张孩子们玩弹球跳棋的照片。问他们最希望做的事，回答是上课。

开饭的时间到了，伙食比较丰富，有四五个荤素搭配的菜。孩子们拿着统一配给的不锈钢餐盘，排队打饭。长虹集团全都是免费供给。

感谢善举。

在为长虹集团员工所做的演讲中，我看到大家非常疲惫。是啊，大地震发生后的第一时间，长虹就组织抢险救援队，开赴北川。白天开足马力研发新产品，努力工作，多少个夜晚，他们从未安眠。

我说：“长虹的兄弟姐妹们，咱们在开始之前，先闭上眼睛，放松身体，听我的引导，深深地吐出一口气……”

可大多数人都不听我指挥，他们抱歉地笑笑，依旧双目圆睁，警觉甚高。

我略一思索，明白他们实在无法放松自己的神经。这是一个人群高度麇集的场所，若是出现了危急情况，闭着眼睛，如何敏捷逃生？

我说："兄弟姐妹们，请放心。我会始终睁着眼睛。如果发生了余震，我会在第一时间唤醒大家。我向你们保证，我绝不会第一个跑出去，我一定让你们先走……"

大家会意地轻轻笑起来，安静地闭上了眼睛，放松了身体，减慢了呼吸。

我是个普通人，我害怕地震。但是，我站在讲台上，我就成了老师。我不会放下我的学生，我不能先跑。人活在世上，总有一些东西比一己的生命更重要。有些人不信，我信。

如果我不事先做准备，我也许无法控制我的本能。我想过了，我作出了决定，我就能指挥我的身体，我就能战胜本能。

和我相拥而泣的女孩叫姚瑶，她是长虹集团的职工。2008年5月12日14时28分，万顷山石将她的双亲掩埋，从那一分钟起，她无时无刻不在呼唤亲爱的爸爸妈妈，但天上地下，永无回音。

我知道她面前还有漫长的道路要走，她将步步啼血，万千悲苦。唯一令人安慰的是——姚瑶能谈到自己有十个优点，其中第一个优点是——我很坚强。

国殇之后，唯有坚强。

我想把北川中学孩子们的话转送给姚瑶——翅膀上驮着天堂亲人的希望，你要高高飞翔。

请你们不要称我的
那些死去的同学是
没有来得及开放的花蕾，
就已经凋落了。
不，
他们不是凋落，
他们已经盛放过了。

青虫之爱

大家不止一次地想法设法治她这个毛病。在春天，男生把飘落的杨花坠，偷偷地夹在她的书页里。待她走进教室，翻开书，眼皮一翻，身子一软，就悄无声息地瘫到桌子底下了。从此再不敢锻炼她。

许多年过去，各自都成了家，有了孩子。一天，她到我家中做客，我下厨，她在一旁帮忙。我择柿子椒的时候，突然钻出一条青虫，胖如蚕豆，背上还长着簇簇黑刺。我下意识地将半个柿子椒像着了火的手榴弹似的扔出老远。然后用杀虫剂将那虫子扑死，才想起酷怕虫的女友，未曾听到她惊呼，该不是吓得晕厥过去了吧？

回头寻她，只见她神态自若地看着我，淡淡说，一条小虫，何必如此慌张。

我比刚才看到虫子还愕然地说，啊，你居然不怕虫子了？吃了什么抗过敏药？

女友苦笑说，怕还是怕啊。只是我已经练得能面不改色，一般人绝看不出破绽。你知道我为什么怕虫子吗？我撇撇嘴说，我又不是你妈，我怎么会知道啊！

女友说，你可算说到点子上了，怕虫就是和我妈有关。我小的时候，有一次叫虫蜇了。从此以后我妈只要看到我的身旁有虫子，就大喊大叫地吓唬我……一来二去的，我就成了条件反射，看到虫子，真魂出窍。

后来如何好的呢？我追问。

女友说别急，听我慢慢说。有一天，我抱着女儿上公园，那时她刚刚会讲话。我们在林荫路上走着，突然她说，妈妈……头上……她说着，把一缕东西从我的发上摘下，托在手里，邀功般地给我看。

我定睛一看，魂飞天外——一条五彩斑斓的虫子，在女儿的小手内，显得狰狞万分。

我第一个反应是要像以往一样昏倒，但是我倒不下去，因为我抱着我的孩子。如果我倒了，就会摔坏她。第二个反应是想撕肝裂胆地叫一声。但我立即想到，万万叫不得。我一喊，就会吓坏了我的孩子。于是我硬是把喷到舌尖的叫声咽了下去。

如果我害怕，把虫子丢在地上，女儿一定从此种下了虫很可怕的印象。在她的眼中，妈妈是无所不能、无所畏惧的，如果有什么东西把妈妈吓成了这个样子，那这东西一定是极其可怕的。

我颤颤巍巍地伸出手，长大以后第一次把一只活的虫子捏在手心，翻过来掉过去地观赏着那虫子，还假装很开心地咧着嘴，因为女儿正在目不转睛地看着我呢。那一刻，真比百年还难熬。女儿清澈无瑕的目光笼罩着我，我不能有丝毫的退缩，我不能把我病态的恐惧传给她……

不知过了多久，我把虫子轻轻地放在了地上，我对女儿说，这是虫子。虫子没什么可怕的。有的虫子有毒，你别用手去摸。不过，大多数虫子是可以摸的……

那只虫子就在地上慢慢地爬远了。女儿还对它扬扬小手，说:“拜……”我抱起女儿，半天一步都没有走动。衣服早已被黏黏的汗浸湿。

女友说完，好久好久，厨房里寂静无声。我说，原来你的药，就是你女儿给你的啊。

女友纠正道，我的药，是我给我自己的，那就是对女儿的爱。

我的药，
是我给我自己的，
那就是对女儿的爱。

帮助的人越多，幸福感越强

被人需要是很快乐的事情，即使很穷很忙，而无力帮助别人的时候，内心的感觉便十分黯淡。

美国哥伦比亚大学的研究人员在调研中证明，给他人帮忙越多的人，幸福感越强。帮助他人这一行为，本身自有其深远的影响。人们需要释放内心的人道主义情怀，在帮助或是施舍他人的时候，大脑的活动更为积极。

研究人员把一些钱装在信封里，分给一些学生，准确地说，是分给了四十六名加拿大学生，然后对他们说，你可以用这些钱给自己买些东西，或者是给别人买东西，送给他们。到了下午五点，研究人员把这批学生集合起来，调查其快乐指数。发现钱的多少，与快乐指数无关。不过那些给别人买东西的人，比给自己买东西的人，要快乐得多。

乍一听，你会怀疑真的是这样吗？多数人，还是给自己花了钱，比较舒服吧？然后假设自己做了这个实验。我想，我会选择把钱给我的父母，我的儿子，我的丈夫……这样想过之后，不禁哑然失笑。自己也是凡人，并不比别人更高尚或者更龌龊。所以，这实验的结果是真实的，结论通用你我。

研究证明，当人接受馈赠的时候，和给人帮助或施舍的时候，满足感是由大脑的同一部分产生的，只不过在帮助别人的时候，这一区域更为活跃。有时想，如果人的大脑皮层是透明的，我们就会看到，当那些精神活动的时候，我们会更有成就感。这是一个有趣的实验。

我相信，当一个人被他人需要的时候，是非常美妙的感受，成就感是无与伦比的。不信，你试一试。我会很乐意向人求助，因为这在给予自己机会的同时，也是给予了别人一个释放爱心的机会。我想，这恐怕是遗传给我们的精神馈赠。因为从远古时代起，只有那些愿意帮助别人的人，才会有更多的机会留下子嗣。我们基本是这些人的后代，在血液中就留下了良好的习惯。这种从心中捧出的、抛洒四处的爱意，我们要为之感动。

当一个人
被他人需要的时候，
是非常美妙的感受，
成就感是无与伦比的。

图书在版编目（CIP）数据

幸福的香气 / 毕淑敏著 .—北京 : 北京联合出版公司 , 2017.6(2018.4 重印)
ISBN 978-7-5596-0489-7

Ⅰ . ①幸… Ⅱ . ①毕… Ⅲ . ①散文集—中国—当代 Ⅳ . ① I267

中国版本图书馆 CIP 数据核字 (2017) 第 108964 号

幸福的香气

作　　者：毕淑敏
责任编辑：熊　娟
内文设计：沐希设计

北京联合出版公司出版
(北京市西城区德外大街 83 号楼 9 层 100088)
北京市雅迪彩色印刷有限公司印刷 新华书店经销
字数：190 千字　700mm×980mm　1/32　印张：7.5
2017 年 6 月第 1 版　2018 年 4 月第 4 次印刷
ISBN 978-7-5596-0489-7
定价：42.00 元